Konrad von Schliefen

LANDSER IM WELTKRIEG 17

Grüne Teufel – Deutsche Fallschirmjäger im Kampf um
den Klosterberg Monte Cassino

EK-2 Militär

ÜBER DIE REIHE

LANDSER IM WELTKRIEG

Jeder Band dieser Romanreihe erzählt eine fiktionale Geschichte, die vor dem Hintergrund realer Ereignisse und Schlachten im Zweiten Weltkrieg spielt. Im Zentrum der Geschichte steht das Schicksal deutscher Soldaten.

Wir lehnen Krieg und Gewalt ab. Kriege im Allgemeinen und der Zweite Weltkrieg im Besonderen haben unsägliches Leid über Millionen von Menschen gebracht.

Deutsche Soldaten beteiligten sich im Zweiten Weltkrieg an fürchterlichen Verbrechen. Deutsche Soldaten waren aber auch Opfer und Leittragende dieses Konfliktes. Längst nicht jeder ist als glühender Nationalsozialist und Anhänger des Hitler-Regimes in den Kampf gezogen – im Gegenteil hätten Millionen von Deutschen gerne auf die Entbehrungen, den Hunger, die Angst und die seelischen und körperlichen Wunden verzichtet. Sie wünschten sich ein »normales« Leben, einen zivilen Beruf, eine Familie, statt an den Kriegsfronten ums Überleben kämpfen zu müssen. Die Grenzerfahrung des Krieges war für die Erlebnisgeneration epochal und letztlich zog die Mehrheit ihre Motivation aus dem Glauben, durch ihren Einsatz Freunde, Familie und Heimat zu schützen.

Prof. Dr. Sönke Neitzel bescheinigt den deutschen Streitkräften in seinem Buch »Deutsche Krieger« einen bemerkenswerten Zusammenhalt, der bis zum Untergang 1945 weitgehend aufrechterhalten werden konnte. Anhänger des Regimes als auch politisch Indifferente und Gegner der NS-Politik wurden im Kampf zu Schicksalsgemeinschaften zusammengeschweißt.

Genau diese Schicksalsgemeinschaften nimmt »Landser im Weltkrieg« in den Blick.

Bei den Romanen aus dieser Reihe handelt es sich um gut recherchierte Werke der Unterhaltungsliteratur, mit denen wir uns der Lebenswirklichkeit des Landsers an der Front annähern. Auf diese Weise gelingt es uns hoffentlich, die Weltkriegsgeneration besser zu verstehen und aus ihren Fehlern, aber auch aus ihrer Erfahrung zu lernen.

Nun wünschen wir Ihnen viel Lesevergnügen mit dem vorliegenden Werk.

Ihre Zufriedenheit ist unser Ziel!

Liebe Leser, liebe Leserinnen,

zunächst möchten wir uns herzlich bei Ihnen dafür bedanken, dass Sie dieses Buch erworben haben. Wir sind ein kleines Familienunternehmen aus Duisburg und freuen uns riesig über jeden einzelnen Verkauf!

Unser wichtigstes Anliegen ist es, Ihnen ein angenehmes Leseerlebnis zu bieten.

Damit uns dies gelingt, sind wir sehr an Ihrer Meinung interessiert. Haben Sie Anregungen für uns? Verbesserungsvorschläge? Kritik?

Schreiben Sie uns gerne: info@ek2-publishing.com

Nun wünschen wir Ihnen ein angenehmes Leseerlebnis!

Heiko und Jill von EK-2 Militär

GRÜNE TEUFEL

In diesem dreimal verfluchten Krieg habe ich schon vieles gesehen und erlebt. Aber der blutige Kampf um die Stadt Cassino und den gleichnamigen Berg mit der Benediktinerabtei war wahrlich der Höhepunkt dieser Knochenmühle. Wenn ich zurückdenke an die vielen Wochen des versengenden Kampfes, an die beißende Kälte, die Ströme von Regen und des unaufhörlichen Schneefalls, die Seen von Schlamm, in denen Militärgerät und Soldaten beider Seiten versanken, und an die tiefen Befestigungen, in denen wir uns in den Bergen festgekrallt hatten, wundere ich mich noch heute, dass einige von uns diese Hölle tatsächlich überlebt haben.

Damals konnte ich nicht ahnen, dass ich mit meinen Heereskameraden Teil einer der größten und schwersten Material- und Abwehrschlachten der deutschen Fallschirmjäger im Zweiten Weltkrieg werden würde. Und doch stellte das erbitterte Ringen und das massenhafte Sterben um die Stadt und das Kloster Cassino einen Wendepunkt im Kampfraum Italien dar. Die Besten der besten deutschen Soldaten stemmten sich hier in der verlustreichsten, qualvollsten und tragischsten Schlacht gegen den Ansturm eines in allem weit überlegeneren Gegners. Monte Cassino wurde zum »Verdun« des italienischen Kriegsschauplatzes.

Dies ist die Geschichte des Fallschirm-Jägers Gerhard Darmann – also meine Geschichte. Und damit auch jene von hunderten anderen tapferen Elite-Kämpfern, die am verdammten Monte Cassino Seite an Seite gegen eine erdrückende Übermacht der Alliierten kämpfte, verblutete und starb.

Die Schilderungen der nachfolgenden Ereignisse basieren nicht nur auf mein eigenes Erleben, sondern werden ergänzt durch militärische Details, die mir erst später zur Kenntnis gelangten.

Wie lange ich mit den Kameraden meines Zuges auf diesen gottverfluchten Felsen wie eine Bergziege hockte, wusste ich nicht mehr genau zu sagen. Jedenfalls viel zu lange. Dabei wünschte ich mir nichts Sehnlicheres, als dass dieses furchtbare Ringen um den Berg bald ein Ende haben würde.

Wir, das waren die Männer der deutschen 10. und 14. Armee. Ich selbst gehörte dem II. Bataillon des Fallschirmjäger-Regiments 1, der 1. Fallschirmjäger-Division an, die von Generalleutnant Richard Heidrich kommandiert wurde. Mit dem I. Bataillon des FJR 1 und des III. Bataillon des FJR 3 unter Führung von Oberst Karl Lothar Schulz, einem alten Haudegen der deutschen Fallschirmtruppe, der schon bei Rotterdam und auf Kreta mit von der Partie gewesen war, waren wir gemeinsam mit dem Fallschirm-MG-Bataillon 1 unter Major Herbert Werner Schmidt, die ersten, die am und um den Monte Cassino Stellung bezogen. Allerdings verschanzten wir uns nicht, wie von den Tommys und Amis angenommen, im Kloster selbst. Stattdessen hatten an umliegenden Berghängen starke Verteidigungs- und Gefechtsstellungen errichtet. Auch existierten hier keine Waffen- oder Nachschublager der Wehrmacht, wie ebenfalls falsch vermutet.

Wie stets in diesem Kriege galten die Fallschirmjäger, die zumeist buchstäblich in letzter Stunde eingesetzt wurden, als »Feuerwehr«, um ausgebrochene Brände zu löschen, zu denen keine anderen Truppeneinheiten fähig waren.

Zum besseren Verständnis möchte ich an dieser Stelle erläutern, dass die 1. Fallschirmjäger-Division in die Jäger-Regimente 1 bis 3, eine Fallschirm-Artillerie-, eine Fallschirm-Panzerabwehr- und eine Fallschirm-Flak-Abteilung unterteilt war. Hinzu kamen das Fallschirm-MG- und das Fallschirm-Pionierbataillon sowie die Divisionstruppen. Die einzelnen Fallschirm-Regimenter wie-

derum waren aufgeteilt in einen Regimentsstab
mit Stabszug und Nachrichtenzug. Die Bataillone
1 bis 3 bestanden aus drei Infanteriekompanien,
einer MG-Kompanie und jeweils einer Infanterie-
geschütz-, einer Pak- und einer Pionier-Kompa-
nie.

Monte Cassino ...

Eigentlich würde kein Hahn nach diesem felsigen Hügel, 516 Meter oberhalb des 35.000-Seelen-
ortes Cassino in der italienischen Provinz Frosino-
ne gelegen, krähen, wäre da nicht der Klosterkomplex. Aber nicht etwa, weil dieser als eines der be-
deutendsten geistlichen Zentren des Mittelalters
galt, sondern weil die Alliierten davon ausgingen,
dass wir uns in der Benediktinerabtei festgesetzt
hatten und diese uns als Artillerie-Beobachtungs-
posten diente. Das war natürlich ausgeschlossen,
denn eine solche exponierte Lage war viel zu un-
geschützt dafür. Vielmehr befanden sich sämtliche unserer Stellungen zunächst außerhalb der
Dreihundert-Meter-Zone des Sperrgebiets, das
Generalfeldmarschall Albert Kesselring, der
Oberbefehlshaber Süd beim italienischen Ober-
kommando, um die Abtei hatte errichten lassen.
Dem Kloster am nächsten standen 300 Meter süd-
westlich lediglich zwei Kampfwagen der 90. Pan-
zer-Grenadier-Division. 400 Meter südlich des
Klosters waren vier Granatwerfer in Stellung ge-
bracht worden. Und 400 Meter südostwärts, auf
Höhe 435, hatte sich eine Beobachtungsstelle des
Werfer-Regiments 71 eingenistet.

Warum der Monte Cassino überhaupt von großer Relevanz war, ist schnell erzählt: Die gebirgige
Gegend rum um die kleine Stadt Cassino war für
die Alliierten von wesentlicher Bedeutung für einen Sieg in Italien. Denn um Rom zu erobern,
plante US-General Mark W. Clark den Vorstoß

seiner 5. Armee durch das Liri-Tal, das wiederum im Süden vom Monte Maio und im Norden vom Monte Cassino beherrscht wurde. Deshalb musste der deutsche Sperrriegel, die sogenannte »Gustav-Stellung«, die im Raum Cassino in Nord-Süd-Richtung verlief, durchstoßen werden.

Zwar gelang es einem französischen Expeditionskorps am 11. und 12. Januar 1944, einige äußere deutsche Verteidigungsstellungen einzunehmen, dennoch konnten wir die Angriffe der Amerikaner auf die Hauptstellungen erfolgreich abwehren. Auch die Tommys mischten kräftig mit. Unterstützt wurden wir noch von der 5. Gebirgsdivision unter dem Kommando von General Ringel sowie von den Gebirgs-Jäger-Regimentern 85 und 100.

In diesen Tagen war das Wetter katastrophal. Einen anderen Ausdruck gab es nicht für diese Verhältnisse. Eisige Temperaturen und heftiger Schneesturm machten dem pausenlos hin und her wogenden jedoch Kampf keinen Abbruch.

US-General Clark und sein britisches Pendant General Harold Alexander, der Oberbefehlshaber der hier operierenden 18. Armeegruppe, warfen immer neue Reserven gegen die Deutschen, die in diesem mörderischen Kessel jedoch ein ums andere Mal zurückgeworfen wurden. Alle feindlichen Angriffe scheiterten, so dass das gesamte 142. US-Regiment regelrecht am Klosterberg verblutete. Und das trotz Artilleriefeuer- und Bomberunterstützung. Zwar gelang es einem Stoßtrupp der 34. US-Infanteriedivision am 6. Februar 1944 den Calvarienberg, also die Höhe 593, zu erobern, die eigentlich den Ausgangspunkt für die endgültige Inbesitznahme von Monte Cassino war. Doch wir hielten tapfer dagegen, so dass während der heftigen Kämpfe die Höhe mehrfach ihren Besitzer wechselte. Vier Tage später gelang es den Kameraden des III. Bataillons des FJR 3 unter Hauptmann Kratzer, den Calvarienberg wieder zurückzugewinnen.

Zunehmend verzettelten sich die Gefechte in den Steinhaufen, Felsenhöhlen und Bergpfade. Die Ami-und Tommy-Panzer konnten die steilen Hänge nicht hinauffahren, deshalb tasteten sie unterhalb davon nach ihren Zielen. Allerdings trafen ihre Panzergranaten lediglich Erde und Fels. Dafür schlug ihnen das gefürchtete Rattern unserer MGs 42, Kaliber 7,92 mm entgegen. Noch dazu krallte sich unsere Fallschirmartillerie, die aus 7,5-cm-Gebirgsgeschützen bestand, beinahe unsichtbar in die zerklüftete Berghänge hinein. Hinzu kamen die zusammenklappbaren 10-cm-Leichtgeschütze, die überall einsetzbar waren – eine Spezialkonstruktion für die Fallschirmjägereinheiten.

Jedenfalls gelang es den Angreifern nicht, uns aus den Bunker-und Grabensystemen am Klosterberg zu vertreiben. Und unten im Liri-Tal zeigten rauchende Trümmer den Weg der Vernichtung an. Auch dort ertönte nach wie vor der Lärm der Schlacht zwischen US-General Clarks Armee und dem deutschen Abwehrriegel.

Doch irgendwann trat schlagartig Stillstand ein. Die Totenstille, die nicht einmal mehr vom Gezwitscher der Vögel unterbrochen wurde, lastete noch schwerer auf unseren Gemütern, als der gewohnte Gefechtslärm.

Auch das Wetter wurde besser. Zumindest für ein paar Stunden. Danach sollte es zwar nicht mehr schneien, dafür aber regnen. Das machte unsere Stabsoffiziere natürlich misstrauisch, rechneten sie doch damit, dass die Alliierten diesen Umstand ausnutzen könnten, um eine größere Offensive gegen Cassino zu starten. Gleich gar, als am

Nachmittag des 14. Februar 1944 die 5. US-Armee Flugblätter in italienischer Sprache in den Klostergarten schoss, mit der Ankündigung, dass sich ihre Waffen nun gegen die Abtei selbst richten würden. Die »italienischen Freunde«, wie es dort hieß, sollten sich schnellstens in Sicherheit bringen. Das versetzte natürlich die Zivilisten in Panik, die zuvor vor den Bombardierungen der Alliierten aus der Stadt Cassino geflohen und den Klosterberg hinaufgeströmt waren, um in den unterirdischen Gewölben und Sälen Schutz zu suchen. Doch damit schienen sie letztlich direkt in die offenen Arme des Teufels gelaufen zu sein. Nun stürzten sie ins Freie, um in einer der benachbarten Höhlen einen Unterschlupf zu finden. Andere verkrochen sich tief in die Eingeweide des Gotteshauses. Und wiederum Weitere suchten Zuflucht in der Basilika in dem Glauben, Gott könne es nicht zulassen, dass die Abtei, die das Grab des Heiligen Benedikts barg, der Zerstörung anheimfallen könnte.

Derweil begannen die Heereskameraden damit, den Bischof und Abt des Klosters, einen achtzigjährigen Greis mit strahlenden Augen und einem gütigen Lächeln, zu evakuieren. Ebenso loteten sie aus, ob sie mit Transportkolonnen die italienischen Flüchtlinge mit weißen Fahnen über einen Saumpfad nach Piedimonte schleusen konnten, auf dem die Trägertrupps Tage zuvor mit ihren Mulis mit Verpflegungsvorräten, Medikamenten und Munition hochgekommen waren. Denn die eigentliche Serpentinenstraße zum Kloster würde bei einem Bombardement unverzüglich unpassierbar werden, wäre sie doch wohl das erste geeignete Ziel, um die Verkehrsmobilität der Verteidiger einzuschränken. All das war jedoch hochbrisant, denn neben dem Risiko eines Feindbeschusses konnten in diesem unwegsamen Gelände italienische Partisanen lauern, um die Deutschen ans Kreuz zu nageln.

Jedenfalls tickte die Uhr gegen die Rettung der aus Cassino vertriebenen Flüchtlinge. Deshalb entschlossen sich viele von ihnen, im scheinbar sicheren Kloster zu bleiben, während wiederum andere mit einigen Mönchen die Flucht antraten. Allerdings würde es mindestens zwei Tage dauern, bis sie unter diesen Umständen den Klosterberg verlassen konnten.

Wie dem auch war – es schien etwas Unheilvolles anzustehen! Das glaubten selbst wir einfachen Jäger zu spüren, abseits von irgendwelchen Lageplänen und Karten der Generalität. Es war nur ein Bauchgefühl und die eigene Einschätzung der Situation, in der wir uns befanden. Erst später sollten wir erfahren, dass Generalleutnant Bernard Freyberg, der Kommandant des neuseeländischen II. Korps, das als Teil der 5. US-Armee nach Italien verlegt und ihr unterstellt worden war, längst darauf gedrängt hatte, Monte Cassino mit seiner überwältigend guten Verteidigung und der Unterwühlung durch Bunker, zu bombardieren. Und das, obwohl ein solches Vorhaben zunächst überhaupt nicht im alliierten Bombenzielplan vorgesehen war. Den Alliierten war klar, dass ein Frontalangriff alles andere als sinnvoll und gleich gar nicht militärisch klug wäre.

Deshalb wollte Freyberg mit einem ungeheuren Feuerüberfall die deutschen Stellungen aufsprengen, um sie mit seinen Neuseeländern und Indern zu besetzen. Diese großangelegte Umfassungsoperation sollte das Monte-Cassino-Bollwerk aus der »Gustavstellung« herausbrechen. Nach Ansicht des Generalleutnants, der Ende April 1941 zum alliierten Befehlshaber auf Kreta ernannt worden war, jedoch an den deutschen Fallschirmjägern scheiterte, hatte sich eine solche Strategie nach dem Muster des britischen Brigadegenerals Bernard »Monty« Montgomery bereits im Afrika-Krieg, in Libyen und Tunesien gegen Rommels »Wüstenfüchse« bewährt. Dort war nach dem Prinzip des »colossal crack« vorgegangen worden, bei dem alles ausradiert wurde, was den deutschen Verteidigern hatte Deckung bieten können. Mit einem solchen gewaltigen Feuerüberfall wäre auch das Schicksal Monte Cassinos besiegelt, wie Freyberg annahm und dann der Weg durchs Liri-Tal und insbesondere nach Rom frei. Schließlich gaben die Oberbefehlshaber US-General Mark W. Clark und der britische General Harold Alexander nach. Bei jenem lag es vor allem daran, dass die neuseeländischen Truppen in ihrer Funktion als »Empire-Streitkräfte« nur ihrer eigenen Regierung verantwortlich waren und die Briten deshalb besonders »harmonisch« mit ihnen und gleich gar ohne jeglichen Streit umgehen mussten.

So also wurde die großangelegte Vernichtung der Stadt und des Klosters Cassino ins konkrete Kalkül genommen. Allerdings unterlief den Alliierten ein verheerender Fehler. Zwar informierten sie ihre jeweiligen Stäbe über den bevorstehenden Angriff, vergaßen aber in der Hektik die 7. Brigade des 1. Royal Sussex-Bataillons zu unterrichten. Dabei hatten die Inder bereits am Nachmittag Stellung an den Abhängen der Höhe 593, des Calvarienbergs, bezogen.

Nichtsdestotrotz brach beim besten Flugwetter und ausgezeichneter Erdsicht am 15. Februar 1944 die wahrhaftige Hölle über die deutschen Fallschirmjäger herein. Keiner, der sie überleben sollte, würde sie jemals wieder vergessen.

*

An diesem schicksalhaften Tag strahlte die Sonne von einem azurblauen, fast frühlingshaften Himmel herab, ohne jedoch richtige Wärme zu verbreiten. Dafür war die Luft so klar wie seit Wochen nicht mehr. Das Kloster Monte Cassino, das bei schlechtem Wetter beinahe bis in an die niedrig hängenden Wolken stieß, warf scharfe Schlagschatten auf die kahlen, gezackten Felsen.

Ich war bislang nur zweimal in der Benediktinerabtei auf dem Klosterberg drinnen gewesen, aber ziemlich beeindruckt. Als ich den »Kreuzgang am Eingang«, wie er hieß, betreten hatte, ging ich an der Kapelle vorbei, die dem Heiligen Martin, dem Bischof von Tours, geweiht war. Hier, inmitten von Olivenhainen und in der Schönheit der Architektur, so wurde mir erzählt, starb auch der Heilige Benedikt. Und zwar aufrecht, von Mönchen gestützt, und erst nachdem er die Eucharistie empfangen hatte. Von dort gelangte ich weiter zu einer achteckigen Zisterne, flankiert von korinthischen Säulen, die ein Krönungsgebälk trugen. In den zahlreichen marmornen Nischen standen Statuen und Schreine, die Schutzpatrone, Päpste und Herrscher zeigten. Die Abteikathedrale mit ihrem Marmor und den vertäfelten Wänden war mit reichlichen Gemälden und Fresken ausstaffiert. Auf der Rückseite des Altars befand sich das Grab des Heiligen Benedikt. Unvergessen waren für mich auch die historischen Orgeln in diesem Bereich. Insgesamt bestand der riesige Kloster-Komplex aus Wendelgängen, Innenhöfen und unzähligen, zumeist zweckdienlichen Räumen, wie etwa Werk- und andere Arbeitsstätten für die Mönche. Sogar ein Empfangssalon fand sich hier.

Ich erzähle all das so ausführlich, damit die Nachwelt sich ein Bild des architektonischen Kunstschatzes machen kann, der an diesem schicksalhaften Tag für immer und ewig vernichtet wurde.

Unvermittelt kam mir eine Inschrift in den Sinn, die zu Füßen der Statue des Heiligen Benedikts prangte, die da hieß: »Hochgelobt sei, der da kommt im Namen des Herrn.«

Tatsächlich aber war das, was an 15. Februar 1944 *kam* beileibe alles andere als *hochgelobt* und gleich gar nicht im *Namen des Herrn*, sondern vielmehr verderblich und im Auftrag des Alliierten Oberkommandos, um nur eines zu bringen: Tod und Zerstörung!

Ich lag, eingerahmt von zerklüfteten, nassen und schwitzenden Felswänden in einem Unterstand, etwa vierhundert Meter unterhalb der Klostermauern, der eigentlich eine niedrige Höhle war, in die wir uns in den vergangenen Tagen zum Schlafen zurückgezogen hatten. Notdürftig hatten wir darin eine Wasserablaufrinne installiert, so dass selbst bei Sturzregen nicht mit einer Überschwemmung zu rechnen war. In den von unserer Höhle aus umliegenden Unterschlüpfen und Deckungslöchern harrten die übrigen Jäger aus.

Neben mir kauerten meine Kameraden Heiner Rowitz und Gustav Kuschel. Was uns äußerlich einte, waren die immer gleichen hohlwangigen, bartstoppligen, schmutzigen und lehmgrauen Gesichter. Der Erstgenannte war hager und schwarzhaarig wie ich, der andere athletisch gebaut und glatzköpfig.

Allesamt trugen wir als Angehörige der Deutschen Luftwaffe charakteristische, randlose Fallschirmjäger-Stahlhelme, mit ihren verkleinerten Nacken-, Seiten- und Augenschirmen, die den Kopf nicht nur gegen Splitter, sondern auch vor Verletzungen bei der Landung bewahren sollten. Dafür sorgte die stark gepolsterte, mit vier Schrauben an der Helmglocke befestigte Innenausstattung. Ferner diente der Kimmriemen als Ankerpunkt. Eingehüllt waren wir in langärmelige Fliegerkombinationen aus winddichtem, grünmeliertem Baumwollstoff mit Reißverschlüssen und Druckknöpfen versehen, die sich beim Springen nicht öffneten und nicht flatterten. Scherzhaften nannten wir diese Fallschirmblusen, die wie Jacken an- und ausgezogen werden konnten, »Knochensäcke.« Die jeweiligen Kragenspiegel präsentierten den Dienstrang. Gelb stand beispielsweise für den eines Obergefreiten bei der Luftwaffe. Die dunkelgrünen Fallschirmjäger-Hosen wurden um die Knöchel mit einem Zugband zusammengebunden.

Bei Einsätzen in der Kälte trugen wir spezielle Winteranzüge, die aus einer wattierten Hose und Jacke mit Kapuze, Handschuhen und Kopfhaube bestand, beidseitig bedruckt mit einer weißen Winter- und einer grau-blau-grünen Herbst- und Frühlingsseite. Für die wärmeren Gefilde, wie etwa im Mittelmeerraum oder in Nordafrika, bekamen wir luftig geschnittene, über den Knöcheln zusammengebundene »Tropenüberfallhosen« sowie Tropenschnürschuhe aus Segeltuch. Unsere herkömmlichen Springerstiefel mit den dicken, lautlosen Gummisohlen waren seitlich geschnürt. Das war notwendig, denn die üblichen Knobelbecher würden uns sonst beim Himmelsfall von den Füßen gerissen. Zusätzlich trugen wir bei den Sprüngen Springer-Handschuhe, Ellbogen- und Schulterschützer, Knieschoner und elastische Binden zum Schutz der Sprunggelenke. Für den Bodeneinsatz bestand das Koppelzeug aus einer Pistolen-, Munitions- und Handgranatentasche sowie einer Feldflasche, einem Brotbeutel und einer Gasmaskentasche. Ebenso einem Patronengurt.

Als Bewaffnung benutzten die deutschen Fallschirmjäger-Divisionen MGs 42, Maschinenpistolen MP 40, Pistolen P 38 und Flieger-Kappmesser. Außerdem Panzerbüchsen 39, rückstoßfreie 7,5-cm-Leichtgeschütze 1 und 40 sowie 10,5-cm-Leichtgeschütze 40 und 42. Nicht zu vergessen natürlich die Fallschirmjägergewehre FG 42 mit den Dillenbajonetten unter den Läufen. Dabei handelte es sich um Vielzweck-Selbstladegewehre, die speziell für Fallschirmjäger entwickelt wurden. Diese konnten als Scharfschützengewehre mit Zielfernrohren oder als leichte Maschinengewehre mit Zweibein-Vorderstützen ausgerüstet werden. Ebenso war das FG 42 für Einzel- und Dauerfeuer eingerichtet. Die in der Laufverlängerung angebrachte Schulterstütze verhinderte den Hochschlag und ermöglichte zudem eine schnellere Schussabgabe bei Einzelfeuer. Hinzu kam, dass das Visier auf 100 bis 1500 Meter Entfernung eingestellt werden konnte. Allerdings war das Gewehr auch anfällig für Ladehemmungen, die bei all dem Staub und Dreck hier oben, umso wahrscheinlicher waren. Deshalb galt es stets die Waffe gut zu reinigen, sofern Zeit dazu blieb.

Das alles erwähne ich hier, um aufzuzeigen, wie unsere Bekleidung, Ausrüstung und Bewaffnung im Einsatz tatsächlich aussah.

Wir waren Elitesoldaten, die keineswegs, selbst wenn wir es gekonnt hätten, vor Bomben und Granaten wegliefen, gehörten wir doch zur Front-, und damit zur Kampftruppe, griffen an und schlugen unbarmherzig zurück. Immer nah am

Feind, konnten wir mit Kappmesser und Spaten genauso tödlich umgehen, wie mit Dolch und Bajonett. Ebenso mit unseren Fäusten und Handkanten, mit denen wir unhörbare Schläge gegen die Halsschlagadern und andere neuralgische Nervenpunkte anbringen konnten. Dazu waren wir viele Wochen lang in der Heimat ausgebildet worden. Aber nicht nur im Nahkampf mit Hieb- und Fausttechniken an Sandsäcken und Stoffpuppen, sondern auch beim Schießen, Deckung halten, Hinwerfen, Anschleichen und Marschieren, was für Fallschirmjäger gewiss nicht die erste Disziplin war. Nicht umsonst wurden wir aufgrund der Farbe unserer Uniformen vom Feind die »Grünen Teufel« genannt, der stets Respekt vor der deutschen Eliteeinheit zeigte, die alles andere als herkömmliche »Frontschweine«, sondern eher »Himmelhunde« waren.

In diesem Moment unterbrach das helle Brummen von Flugzeugmotoren meine Gedanken, das unvermittelt die klare Morgenluft erfüllte. Und gleichzeitig schwiegen unten im Tal die Artillerie und die Panzer. Das konnte nur Unheil ankündigen.

Plötzlich war der Himmel über dem Monte Cassino gesprenkelt mit einem großen Geschwader aus 230 alliierten Bombern. Darunter 140 B-17 Flying Fortresses, also »Fliegenden Festungen« von der in Foggia stationierten *15. Strategischen Luftflotte* der US Air Force.

Ich kann mich genau daran erinnern, wann das Fegefeuer der ersten Welle aus der Luft begann, weil meine Uhr exakt zu diesem Zeitpunkt stehen blieb. Warum auch immer.

Während unter uns in der Ferne auf einmal wieder die Geschütze hämmerten und die Leuchtspurmunition ein dünn blitzendes Streifennetz fabrizierte, klappten um 9.45 Uhr die Bombenschächte der Feindflugzeuge auf, um ihre tödliche, torkelnde Fracht abzuwerfen. 500 Tonnen Brand- und Sprengbomben regneten auf das Kloster und auf die am Fuße des Berges liegende und von uns besetzte Stadt Cassino.

Dann – von einem Moment zum anderen –ging die Welt unter!

Alles über und um mich herum barst und bebte. Als sich die Wellen durch und über den Boden und Fels pflanzte, erzitterte die Erde, als würde sie von einer Riesenhand geschüttelt. Die Abhänge schwankten wie volltrunkene Gesellen. Ohrenbetäubendes, donnerndes Krachen malträtierte die Trommelfelle wie unter Schlägen eines Schmiedehammers, dessen Echo tosend hinterher rollte. Die vibrierende Luft schien zu zerreißen, und mit ihr sämtliche Nervenspitzen von Mensch und Tier, die sich hier oben aufhielten. Der Monte Cassino riss auf wie ein Vulkan! Doch die glühende Lava sprudelte nicht etwa aus der Tiefe, sondern fiel tausendfach vom Himmel, hinterließ unzählige Krater und Trichter, in dessen Feuerwolken alles verdampfte und pulverisierte: Soldaten und geflüchtete Zivilisten – Kinder, Greise, Frauen und Männer. Von vielen anderen, die sich nicht im unmittelbaren Epizentrum des Feuerorkans befanden, blieben lediglich Haufen verstreuten Fleisches oder stinkende schwarze und ölige Schlacke übrig. Ohne Unterlass zerrissen weitere fürchterliche Explosionen die Luft, reicherten sie mit Staub und beißendem Rauch an, als würden hunderte Drachen ihre Feuerstrahlen speien.

An unserem Unterstand fegten die Höllengluten vorüber. Und dennoch spürten wir den Hitzehauch in den tiefgeduckten Gesichtern und den Händen, die wir zum Schutz über die Stahlhelme gelegt hatten, zusammengerollt wie Embryos. Als ich aufsah, machten dunkle Rauchschwaden das blaue Firmament zur finsteren Himmelshölle.

Wenig später rollte die zweite Angriffswelle heran, bestehend aus zweimotorigen B-25-Mitchells und B-26-Marauders der *Mediterranean Allied Air Force*, die noch einmal hundert Tonnen Explosivstoffe abluden. Die Apokalypse aus Feuer und Donner wiederholte sich. Das entsetzliche Singen, Pfeifen und Orgeln der Bomben und Granaten war allgegenwärtig. Die Sprengkörper zerhämmerten das bereits dampfende Klostergebäude wie durch unsichtbare Faustschläge eines Riesen noch mehr, blitzten in die eingestürzten brennenden und qualmenden Trümmer, zerstampfen und zerfetzten weitere Zivilisten, Mönche und Soldaten, die den ersten Angriff überlebt hatten. Viele von ihnen waren schreiend vor Todesangst und Wahnsinn herumgerannt, in der Hoffnung, außerhalb ihrer ursprünglichen Schlupfwinkel im todgeweihten Kloster Schutz zu finden und um dort, im Haus Gottes, nicht von den herabstürzenden Trümmern begraben zu werden. Dabei rannten sie jedoch mitten hinein in das feindliche Geschütz- und 24-cm-Kaliber-Artilleriefeuer, von dem sie regelrecht zerpflückt wurden. Andere wiederum wurden von berstenden Granaten und pfeifenden Kugeln zu Boden gestreckt. Die gellenden Schreie, die nichts Menschliches mehr an sich hatten, erstickten und verstummten im anhaltenden Grauen des sinnlosen Gemetzels.

Und dann gab es noch diejenigen, die von der Feuerglut des brutalen Bombardements nur leicht berührt worden waren. Diese Bejammernswerten krochen als große schwarze Klumpen langsam wie Schnecken vorwärts, bis sie letztlich in grausamer Agonie liegenblieben. Sterbende Menschen, Pferde und Vieh.

In diesen grauenhaften Minuten war Gott tot! Denn wie sonst könnte er es zulassen, dass ein Sinnbild des christlichen Glaubens, samt seinen Dienern und Gläubigen einfach so ausgelöscht wurden? Und das auf die entsetzlichste, barbarischste Art und Weise, die sich das perverseste Gehirn überhaupt ausdenken konnte.

Allerdings hatte der Sensenmann noch längst nicht genug! Nun mähten die Geschossgarben amerikanischer Jabos, also Jagdbomber, wahllos Überlebende nieder, die von Panik erfüllt aus dem völlig zerstörten Kloster-Areal hinausrannten. Darunter auch Mönche, die mit ihren wildflatternden schwarzen Roben wie riesige Krähen aussahen. Über ihnen, das war das eigentlich Abartige, bestrahlte eine herrliche Sonne das Metall der Tragflächen und Rümpfe der todbringenden B-25 und B-26.

Ein Kriegsverbrechen, das war jedem von uns klar, die wir Zeugen davon wurden, ohne etwas dagegen unternehmen zu können.

Noch unversehrte Zivilisten irrten zwischen Granattrichtern und surrenden Splittern wie Wahnsinnige umher. Dazwischen Melder, die von einem zum anderen Gefechtsstand hetzten, um in diesem Chaos dafür zu sorgen, dass wenigstens die Befehlskette einigermaßen intakt blieb.

Das gellende Kreischen der Verwundeten, Halbtoten und Halbzerfetzten übertönte sogar das Krepieren der Granaten. Ebenso die langgezogenen, von Entsetzen geschwängerten Rufe nach »Sanitätern!«

Auf einmal war das Inferno aus der Luft – genauso schnell, wie es begonnen hatte – vorbei!

Das Brummen der feindlichen Flugzeuge ent-
fernte sich. Nur der Tod, das Sterben, die Qualen
der Verletzten und die Traumata der Überlebenden blieb. Ebenso ihr vielfaches röcheln, wimmern, jammern, schreien, fluchen, kriechen und
verbluten ...

Nicht nur Zivilisten waren bei dem entsetzlichen
und völlig überflüssigen Bombardement ums Leben gekommen, sondern auch die nicht vorge-
warnte 7. Brigade des 1. Royal Sussex-Bataillons
in der Höhe 593 erlitt erhebliche Verluste durch
Eigenbeschuss.

Zum Glück hatten die deutschen Fallschirmjäger
keinen Aderlass zu beklagen. Denn wir hatten uns
nicht im Kloster und ebenso wenig auf dem umliegenden Gelände befunden, dass das eigentliche
Ziel des Angriffs gewesen war. Stattdessen hatten
wir uns, wie ich Rowitz und Kuschel auch, in den
Berghängen eingegraben. Das hatte uns gerettet.

Trotz all des Grauens war die Nachricht, dass
wir keinen einzigen Mann verloren hatten, eine
gute Nachricht in dieser Hölle. Dennoch starben
unten in der ebenfalls bombardierten Stadt Cassino Heereskameraden. Wie bei einem Erdbeben
wurden sie mitunter in den Kellern und Unterständen, in denen sie in Deckung gegangen waren, lebendig begraben. Ein grauenvolles Schicksal. Alleine der Gedanke daran, jagte uns eisige
Schauer über die Rücken.

*

Überall ein Bild der Zerstörung!

Der sagenhafte Klosterkomplex war vernichtet,
die Zitadelle ausradiert, die Basilika und der
Kreuzgang zusammengestürzt, der Mittelhof
wegrasiert, die Statue des Heiligen Benedikts ge-

radezu enthauptet, die Sakristei mit ihren erlesenen Deckengemälden und Schnitzereien dem Erdboden gleich gemacht. Säulenstümpfe ragten wie anklagende Totenfinger gegen diesen Gottesfrevel aus der Erde hinauf in den rauchgeschwängerten Himmel. Überall qualmende Haufen aus Schutt und Trümmern. Nur Teile der Außenmauern des Westtraktes standen noch, die zwar Breschen aufwiesen, aber wegen ihrer großen Festigkeit von den Bomben nicht von oben bis unten weggesprengt worden waren. Auch die Eingangstreppe und einige Fragmente der Torretta, des Türmchens, hatten dem Luftangriff getrotzt. Nur das Dach war zerfetzt. In der Mitte des Prioratshofs gähnte ein tiefer Bombentrichter, der von mehreren Einschlägen herrührte, als wäre er der Abstieg in die Hölle. Von den Fächerpalmen, die ihn viele Jahrzehnte über geziert hatten, waren nur noch verbrannte, schwarze Stümpfe übriggeblieben. Soweit das Auge reichte, lagen mächtige Quadersteine herum, die von der Macht der Bombenexplosionen aus ihrem bisherigen Gefüge gerissen worden waren und nun an große, willkürlich verteilte Würfel erinnerten, die Giganten in einer Wüste verstreut hatten.

Bei diesem fürchterlichen Anblick sinnloser Zerstörungswut blutete mir das Herz. Und nicht nur mir.

In den eingestürzten Gängen und Räumen unter dem zerstörten Kirchenschiff der Basilika, zogen wir noch Lebende aus den Trümmern. Für viele andere jedoch war dieser Gottesort zu einem Massengrab geworden, weil sie nicht mehr geborgen werden konnten. Innenhof und Klostergarten waren mit zerfetzten Leichen übersät, der Gestank bestialisch. Und dennoch hatten sich die Alliierten mit dem Bombardement alles andere als einen Gefallen getan. Letztlich war es militärstrategisch gesehen gar ein fataler Fehler!

So bezeichnete der britische General J. F. C. Fuller die Bombardierung nicht nur als ein Stück Vandalismus, sondern vielmehr als ein Akt »reiner taktischer Dummheit.« Dieser Einschätzung schloss sich ebenso US-General Mark W. Clark an, der von einem überflüssigen propagandistischen, aber auch »taktischen Fehler« ersten Ranges sprach, der zweifellos die alliierten Anstrengungen vergrößerte und die Verluste an Menschen, Kriegsgerät und Zeit erhöhte.

Damit hatten beide recht! Denn nun sollte es für ihre Truppen noch schwieriger werden, das weitläufige Gelände, das ihnen nach der Bombardierung erhebliche Nachteile einbrachte, zu erobern. Nicht nur, dass die meterhohen Trümmerberge das Areal zur wirklichen Festung machten. Jetzt konnten die Deutschen die zahlreichen bomben- und artilleriesicheren unterirdischen Gänge und Gewölbe des Klosters sichern. Und auch über der Erde setzten sie sich im Ruinenschutt fest, besaßen so ein noch besseres Schussfeld als jemals zuvor. Zudem konnten sie wie giftige Spinnen aus den Granattrichtern krabbeln, um sich nach Feuerabgabe wieder in Deckung zurückzuziehen.

Das sah auch Oberst Karl-Lothar Schulz so, der sogar davon sprach, dass es wohl keine nützlichere Verteidigungsstellung gab. Die Berge von Schutt und Steinen schützten uns, verschafften ausgezeichnete Möglichkeiten, als Einzelkämpfer daraus zu agieren. Zudem verminten wir Abhänge und Serpentinen, brachten die schweren MGs in Stellung, ebenso unsere 7,5-cm-Gebirgsgeschütze. Eine Gruppe Pioniere mit T-Minen und Flammenwerfern, Panzerjäger mit Panzerfäusten und leichter Pak festigten die provisorischen Verteidigungspositionen. Die Bergstellungen, die zuvor noch vierhundert Meter unterhalb des Klosters lagen, wurden nun heraufgezogen.

Oberst Schulz kommandierte sechs Fallschirmjäger ab, um die die letzten Mönche und die wenigen Zivilisten, die das Inferno überlebt hatten, in Sicherheit zu bringen. Darunter befanden sich Heiner Rowitz, Gustav Kuschel und ich. Den Befehl führte Unterfeldwebel Gunther Groske, der mit seiner strammen Haltung, dem blonden Bürstenhaarschnitt und den blauen Augen wie das Abziehbild eines Vorzeigesoldaten der Wehrmacht beziehungsweise der Luftwaffe aussah. Genauso gab er sich auch, was ich jedoch keinesfalls despektierlich meinte. Gegen ihn wirkten wir mit unseren schmalen, schmutzigen Gesichtern mit den spitzen Kinnen, ausgehöhlt von diesem Wahnsinnskrieg, wie Schattenwesen aus dem Jenseits.

Groske erfüllte seine Aufgabe mit Disziplin und, wenn man es unter diesen schwierigen Umständen so formulieren konnte, zudem mit äußerster Umsicht.

Es waren nicht mehr als vier Dutzend Menschen, die unter der Führung des Unterfeldwebels loszogen, um hinab ins Tal zu kommen. Darunter eine Handvoll Mönche und zwei Kinder. Eines davon war ein kleines Mädchen, dessen Beine gelähmt waren und deshalb huckepack genommen werden musste. Diese Aufgabe übernahmen wir abwechselnd, während die restlichen vier Fallschirmjäger, den vorausgehenden Groske ausgenommen, wachsam nach allen Seiten hin sicherten.

Der Saumpfad über die zerklüfteten Berghänge hinunter nach Piedimonte war zum Glück von dem Bombardement nicht arg in Mitleidenschaft gezogen worden. Anders, wie zunächst vermutet. Ganz im Gegensatz zur Serpentinenstraße, die normalerweise der eigentliche Verbindungsweg hinauf zum Kloster war. Allerdings benutzten unsere Transportkolonnen längst den Schleichweg, vorbei an zerschossenen und zerrissenen Hängen, die noch immer qualmten und dampften, als würde es sich nicht um eine natürliche Landschaft, sondern um einen Ausschnitt aus der Hölle handeln.

Am Fuße des Berges angekommen wurden die Mönche und Zivilisten von deutschen Lastwagen aufgenommen, um sie nach Castellmassimo, dem Gefechtsstand des XIV. Panzerkorps zu bringen. Dort warteten bereits Funkreporter, um mit ihnen Interviews machen zu können. Damit verfolgte die Wehrmachtsführung die Absicht, der Welt aus authentischem Munde verkünden zu lassen, dass Monte Cassino von den Deutschen nicht zu militärischen Zwecken missbraucht worden war, wie es die alliierte Propaganda, schon seit Tagen behauptete. Danach würde der Kommandeur des Panzerkorps-Gefechtsstandes den Weitertransport zu Generalfeldmarschall Albert Kesselring anordnen, der sein Hauptquartier in Frascati bezogen hatte. Von dort sollte es für die Zivilisten und Geistlichen, die rund zwanzig Kilometer weiter nach Rom gehen.

Jedenfalls hatten wir unsere Aufgabe erfolgreich erledigt. Doch als unser kleiner Fallschirmjäger-Tross den Klosterberg wieder hinaufging, gerieten wir unversehens in einen folgenscheren Hinterhalt ...

*

Inzwischen war die Sonne am wolkenlosen Himmel höher geklettert. Ihre Strahlen verdrängten den letzten Rest von den Schatten des Klosterbergs. Ihrem Stand nach musste es bereits Nachmittag sein.

Am Fuß des Monte Cassino stieg der sich durch das raue Gestein schlängelnde Bergpfad sanft an, um, je höher man kam, in steilere Felsformationen überzugehen. Er war so schmal, dass gerade Mal ein LKW fahren oder zwei Pferde nebeneinander her traben konnten.

Als wir ungefähr die Hälfte der Strecke bis zu unseren Stellungen hinter uns gelassen hatten, geschah es.

Das von krachendem Donner begleitete Bleigewitter, das ohne jegliche Vorwarnung über den Saumpfad hereinbrach, holte zwei meiner Kameraden, die direkt hinter dem Feldwebel hergingen, von den Beinen. Einer erhielt einen Halsdurchschuss, dem anderen fetzte eine Kugel den Unterkiefer weg.

Instinktiv warf ich mich in den Schlamm und Dreck. Ebenso wie Groske vor und Kuschel und Rowitz hinter mir. Die Gewehrschäfte gegen die Schulter gedrückt, erwiderten wir das Feindfeuer, das etwa zwanzig Meter über unserer Position von einem zerklüfteten Berghang aufflammte. Dort hatte sich der Gegner verschanzt, um. uns aufzulauern.

Mir war durchaus bewusst, dass wir hier wie auf einem Präsentierteller lagen, deshalb rollte ich mich rechtzeitig vor der nächsten Salve, die uns entgegenschlug, hinter einen Felsen. Die drei anderen Jäger hatten ebenfalls schnell Deckung gesucht.

Über uns lösten sich kleinere Gesteinsbrocken, rollten den Steilhang hinab. Ein untrügliches Zeichen dafür, dass dort oben etwas in Bewegung geraten war.

Als ich an dem Felsblock, hinter dem ich lag, vorbei und hinauf spähte, entdeckte ich, fünf amerikanische Soldaten, die rasch die Stellung wechselten, um eine bessere Schussbahn auf die sich inzwischen verschanzten Feinde zu bekommen.

Für einen Sekundenbruchteil reflektierte im gleißenden Sonnenlicht Metall. Ob es von einer Waffe oder einem Helm herrührte, wusste ich nicht zu sagen. Jedenfalls zog ich den Stecher meines FG 42 durch und erwischte einen dieser Bastarde, die uns einen feigen Hinterhalt gelegt hatten. Der Getroffene stieß einen gellenden Schmerzensschrei aus, der sofort in ein Röcheln überging. Dann rollte er schlaff den Hang hinunter, bis er sich im Geäst eines zundertrockenen Strauches verfing.

Gleich darauf brach erneut massives Feindfeuer über uns herein. Von überall her, wie es schien, krachten Gewehre auf. Ihr Donnern widerhallte als Echo in den Felsen. Kugeln sirrten wie Moskitos durch die Luft, winselten als gefährliche Querschläger durch die Gegend.

Steinstaub regnete herab. Ein umher spritzender Steinsplitter ritzte meine Wange. Anhand der Salven und Feuerblitze schätzte ich, dass es sich um etwa zehn Gegner handeln musste.

Zu meinem Entsetzen sah ich, wie mir gegenüber Gustav Kuschel röchelnd hinter einem Felsen in sich zusammensackte. Wo er getroffen wurde, konnte ich von meiner Position aus nicht sehen.

Von Hass und Wut getrieben, holte ich mit fliegenden Fingern aus der Munitionstasche eine neues 20-Patronen-Stangenmagazin, schob es in das FG 42 und feuerte zielgerichtet darauf los. Ein weiterer Ami blieb verkrümmt zwischen dem

Felsgestein liegen. Und noch einer. Ein Klick ließ mich innehalten, erneut nachladen und feuern.

Dennoch waren wir in der Unterzahl. Wenn es den Amis gelang, uns ins Kreuzfeuer zu nehmen, würden wir zusehends in Bedrängnis kommen. Dem Kugelhagel aus zwei Richtungen hätten wir nicht mehr viel entgegenzusetzen.

Der Unterfeldwebel gestikulierte zu Rowitz hinüber, den Beschuss weiter zu erwidern, während er mir mit einer weiteren Geste klar machte, ihm zu folgen.

Etwa zehn Meter Linkerhand von uns erhob sich eine eigentümliche Felsformation, die wie eine unfertige Steintreppe anmutete, über Jahrtausende hinweg vom stetigen Wind und Regenwasser in den Fels gegraben. Ein Steinüberhang schützte sie vor Blicken von oben.

Keuchend und mit offenem Mund stieg ich Groske geduckt hinterher, musste dabei auf lockere Steine und versteckte Felsspalten aufpassen. Höher und höher kraxelten wir die natürliche Gesteinsterrasse hinauf. Ich rang nach Atem. Der Schweiß rann mir in Strömen unter dem »Knochensack« den Körper hinab.

Etwa zehn Meter trennten uns von den Amis, die sich hier eingegraben hatten. Noch hatten sie den Unterfeldwebel und mich nicht entdeckt, weil ihre gesamte Aufmerksamkeit dem Schusswechsel mit Rowitz galt. Da Kuschel ausgeschaltet war und der Feind nicht sogleich bemerken sollte, dass sich zwei Fallschirmjäger abgesetzt hatten, wechselte mein Kamerad ungesehen ein ums andere Mal die Position, um vorzugaukeln, dass er nicht alleine war. Doch lange konnte er die Amis damit nicht mehr täuschen.

Wir schlichen uns weiter an den Feind heran. Meine Nerven waren wie Drahtseile gespannt, die jederzeit zerreißen konnten. Vorsichtig, einen Fuß vor den anderen setzend, um zu verhindern, dass sich Schotter und Kiesel unter der Sohle der Schnürstiefel lösten und wir uns dadurch bemerkbar machten, tauchten wir schließlich im Rücken unserer Gegner auf. Zu acht kauerten sie hinter einem riesigen Felsblock.

Jetzt brüllte einer von ihnen seinen Landsleuten zu, dass da unten nur noch ein Fallschirmjäger lebte, der stetig und abwechselnd das Feuer erwiderte. Und im selben Moment registrierten sie die Gefahr in ihren Rücken. Doch bevor die Amis zu uns herumwirbeln konnten, bellten unsere Gewehre auf.

Ich fühlte rein gar nichts, als mein FG 42 eine Kugel nach der anderen in die Körper der völlig überrumpelten feindlichen Soldaten pumpte. Groske schoss ebenfalls mit verzerrtem Gesicht das Magazin leer, bis keiner mehr lebte. Innerhalb von weniger als zwanzig Sekunden hatten wir sie erledigt. Das war die Rache für die zwei gefallenen Kameraden und den schwerverletzten Kuschel. Vielleicht war er inzwischen sogar schon tot ...

Hastig durchsuchten wir die Leichen, ob sie möglicherweise wichtige, strategische Papiere mit sich führten, fanden aber bis auf ein paar Glimmstängel und Familienfotos nichts. Gleich darauf stiegen wir die Steintreppenformation wieder hinunter.

Rowitz kniete neben Kuschel, den Stahlhelm etwas verschoben, als ob er so besser sehen könnte. Und auch ich war hellauf entsetzt, als ich den »Pfundskerl«, wie wir unseren Kameraden scherzhaft nannten, mit Schweiß überzogenem gelblich-weißem Gesicht so sahen. Jede einzelne seiner schwarzen Bartstoppeln hob sich von der

Haut wie ein Ausschlag ab. Der röchelnde Atem kam nur stoßweise aus dem offenen Mund, aus dem blutigroter Speichel rann. Er hielt sich den linken Oberbauch unterhalb des Zwerchfells. Zwischen seinen Fingern sickerte Blut hervor.

»Ein Schuss in die Milz«, stellte der Unterfeldwebel sachkundig fest.

Es blieb uns nichts anders übrig, als dem Verwundeten einen Notverband anzulegen. Danach schleppten wir ihn Höhenmeter um Höhenmeter den Steilhang hinauf, wechselten uns dabei ab. So lange, bis wir unsere Stellungen erreichten. Dort kamen weitere Kameraden heran, übernahmen Kuschel und brachten ihn in das notdürftige Feldlazarett, das in einem der Gewölberäume des beinahe gänzlich zerstörten Klosters errichtet worden war.

Rowitz und ich waren völlig erschöpft. Der beißende Kalkstaub und die Hitze des Kampfes hatten unsere Kehlen ausgedörrt. Doch auch der Unterfeldwebel hatte gezeigt, dass er absolut mannschaftsdienlich war.

Allerdings wollten Rowitz und ich den »Pfundskerl« nicht alleine in seinem Elend lassen. Deshalb suchten wir ihn unvermittelt im Keller auf.

Die »Metzgerküche«, wie sie von den Jägern genannt wurde, war doppelt so lang wie breit und so niedrig, dass ein normal großer Erwachsener nur die Arme hochnehmen musste, um mit den Handflächen die Decke zu berühren. Es gab einen Mittel- und vier Zwischengänge.

Der dicke, warme Gestank nach faulenden, brandigen Wunden, altem Blut, Eiter, Todesschweiß, Karbol und Lysol, der uns entgegenschlug, raubte mir fast den Atem. Kurz wurde mir schummrig, der Raum kreiste vor meinen Augen und der Boden unter meinen Stiefeln schwankte. Aber dann fasste ich mich wieder.

Der Kamerad lag auf einem der beiden aus Zinkblech bestehenden und mit blutigen Leintüchern ausgeschlagenen Operationstischen. Ein Sanitäter und Oberstabsarzt Tilmann Magerhold, dessen Dienstrang bei der Truppe dem eines Majors entsprach, versorgten ihn. Ihre Gummischürzen waren blutbespritzt. Den Operationsmantel, den der Arzt darunter trug war steif von Sekreten und Blut. Nicht nur mit dem frischen Lebenssaft des kürzlich Eingetroffenen, sondern mit einer schwarzen Kruste, die von den zahlreichen Verwundeten, Todgeweihten und Sterbenden stammten, die hier unten bislang chirurgisch behandelt worden waren.

Auf dem Nebentisch lag ein junger, kräftiger Jäger mit wächsernem Gesicht und glanzlos zur Decke glotzenden Augen, dem soeben das linke Bein, vom Oberschenkel an, amputiert worden war. Jenes lag nun in einem fahrbaren, meterhohen Kübel, der in der Ecke auf dem zementierten Boden stand und voll mit abgesägten Gliedmaßen war. Obendrauf auf diesem entsetzlichen Fleischberg sah ich Hände, Arme und Füße in Blut, Eiter und Watte schwimmen. Jeden Abend wurde der sogenannte »Gliederkübel« entleert – deutsche Gründlichkeit eben. Ein Sanitäter desinfizierte die benutzte Knochensäge und die Klemmen, so gut es ging, obwohl keimtötendes Arbeiten unter diesen Bedingungen beinahe unmöglich war. Dazu legte er die chirurgischen Instrumente in eine antiseptische Lösung, um sie danach, wie andere auch, auszukochen. Währenddessen wurde mit den bereits sterilen chirurgischen Werkzeugen weitergearbeitet.

In den Zwischengängen ruhten in Lineal geraden Reihen auf ausgelegten Strohsäcken weitere Verwundete, zumeist von den Bombardements der Alliierten getroffene Zivilisten, direkt vom Schlachtfeld weg. Einige von ihnen brüllten, wimmerten, wanden oder krümmten sich. Wiederum andere lachten im Fieberirrsinn oder versuchten, sich selbst zu verstümmeln, während die bereits Versorgten reglos und lautlos dalagen, die Gesichter schweißnass vor Schmerzen. Und dann gab es noch diejenigen, die von einer erlösenden Ohnmacht heimgesucht worden waren, um sich erst nach dem Erwachen wieder an das Grauen des Krieges zu erinnern. Dagegen lagen in der hintersten Ecke der »Metzgerküche« die Toten auf Bahren, die zweimal täglich nach oben getragen wurden, um sie im Trümmerfeld des Klosters zu »entsorgen.«

Dr. Tilmann Magerhold, der einzige Arzt auf dem Monte Cassino, wollte Soldaten und Zivilisten gleichermaßen behandeln. Im Akkord und möglichst ohne Zeitverlust sozusagen. Aber auch nur, wenn es sich um schwerere Verletzungen, wie etwa um Amputationsbedürftige handelte. Die leichteren Läsionen hingegen wurden von den drei Sanitätern versorgt.

Ich blieb mit Rowitz in der Nähe der Eingangstür des Lazaretts stehen, rund sechs Meter vom Operationstisch entfernt, auf dem Kuschel lag. Selbstredend wollten wir die Arbeit des Arztes und seiner Gehilfen nicht stören. Dr. Magerhold schien uns ohnehin nicht zu bemerken. Er holte die Gummihandschuhe aus einer Steriltrommel und streifte sie sich über.

Der Sanitätsfeldwebel hatte Kuschels Oberkörper vom »Knochensack« entkleidet, ihn mit einem sauberen Lappen und steriler Lösung abgewaschen, damit der Oberstabsarzt ihn sprichwörtlich genauestens unter die Lupe nehmen konnte. Nachdem er das getan hatte, bestätigte er seinem Gehilfen, dass die Milz unseres Kameraden zerrissen war. Dementsprechend hatte Unterfeldwebel Groske mit seiner Vermutung richtig gelegen. Da es jedoch keinen Ausschuss gab, musste die Kugel noch in Kuschels Bauchhöhle stecken. Zum Glück waren das Zwerchfell und die Lunge unverletzt.

Nachdem der Patient eine Narkose erhalten hatte, Puls und Atmung kontrolliert war, pinselte der Sani das Operationsfeld auf dem Bauch mit Jod ein. Dann setzte Dr. Magerhold das scharfe Skalpell an und schnitt vom Ende des Brustbeins bis oberhalb des Nabels und zum Rippenbogen auf. Die unter den Wundhaken aufklaffende Haut schimmerte rot wie ein frischer Ochsenmagen. Der Sani assistierte mit den scherenförmigen Gefäßklammern. Danach waren die großen Bauchfellklammern an der Reihe. Mit einer gebogenen Schere durchtrennte Magerhold das von dem Schuss durchlöcherte Bauchfell und schon lag die mit Blut gefüllte Bauchhöhle vor ihm. Darin schwamm das von der Kugel zerrissene Organ.

Nachdem sein Gehilfe mit Tupfern, Mulllagen und Kompressen die rote Körperflüssigkeit aufgesaugt hatte, klemmte er die blutzuführenden Adern der Milz ab, damit Kuschel nicht auf dem OP-Tisch verblutete. Letztlich gelang es Dr. Magerhold trotz dieser widrigen Umstände tatsächlich, die Exstirpation, also das vollständige operative Entfernen des Organs, durchzuführen.

Ich war beeindruckt von dem unfreiwilligen Schauspiel der Operation. Allerdings wurde der Eindruck gleich darauf gestört, als Rowitz mich unsanft mit dem Ellbogen in die Seite stieß.

Jetzt sah ich es auch!

Der Sanitätsfeldwebel fuchtelte wild herum, machte seinem Vorgesetzten wortlos klar, dass in diesem Moment bei Gustav Kuschel die Atmung ausgesetzt hatte. Hektisch versuchte der Arzt, dessen Puls festzustellen. Doch dann murmelte er gerade so laut, dass wir es verstehen konnten: »Puls nicht mehr tastbar!«

Mit seinen blutbeschmierten Handschuhfingern hob der Oberstabsarzt die Lider unseres Kameraden hoch, starrte jedoch nur in glanz- und seelenlose Augen. Vielleicht traf ihn der gebrochene Blick nicht einmal unerwartet. Schließlich war ein solcher Eingriff in der »Metzgerküche« von vorn herein medizinisch ein Hochrisiko gewesen.

»Exitus!«

Dieses eine Wort stand für Sekunden in der stinkenden, dicken Luft, fand nur langsam Eingang in mein Gehör, rüttelte mich aus meinem Tagtraum, in dem ich mich mit dem »Pfundskerl« gesehen hatte, wie wir uns bei den gefährlichen Einsätzen, etwa auf Kreta, gegenseitig beigestanden hatten.

Exitus ...

Meine Kehle war wie zugeschnürt, als Kuschel von den Sanis vom OP-Tisch auf eine Bahre umgeladen und dann in die hinterste Ecke zu den anderen Toten gebracht wurde.

Exitus ...

Ich wechselte einen schnellen Blick mit dem Oberstabsarzt, der alles Mögliche getan und versucht hatte, Kuschel zu retten. Ich nickte ihm dankbar zu. Magerhold erwiderte es stumm und wandte sich sogleich einem anderen Patienten zu. Einem Zivilisten, dessen linke Hand nur noch an einer Sehne hing und auf- und ab- und hin- und herwippte, als er ohnmächtig auf das von unserem soeben verstorbenen Kameraden verblutete Leintuch gelegt wurde.

Danach verließen ich und Heiner Rowitz, der genauso mitgenommen war wie ich selbst, das Notlazarett tief unten in den Eingeweiden der Klosterruine.

Jedem von uns war bewusst, dass wir die nächsten sein konnten, die in der »Metzgerküche« landeten. Und das war wahrlich alles andere als eine hoffnungsfrohe Aussicht.

*

Das Ringen um den Monte Cassino war noch längst nicht entschieden. Trotz des entsetzlichen Bombardements der Alliierten, die uns in Schutt und Asche sprengen wollten. Dabei hatten sie ganz sicher nicht mit dem Mut und der Zähigkeit unserer Fallschirmjäger-Truppe gerechnet.

Pioniere hoben neue Stellungen und Minenfelder aus. Danach warteten wir weit auseinandergezogen in dem terrassenförmigen Höhlen-, Graben- und Bunkersystem auf den anstehenden Angriff, der so sicher wie das Amen in der Kirche kommen würde.

Wir sollten uns nicht täuschen.

Ich selbst hatte mich mit anderen Jägern in den Deckungslöchern in unmittelbarer Nähe des einzig intakten Brunnens eingenistet, unweit der wenigen und zumindest noch halbstehenden rußgeschwärzten Außenmauern des Klosters.

Wie die Fliegen klebten die kämpfenden Kompanien des I. Bataillon des FJR 1, des III. Bataillon des FJR 3 sowie des Fallschirm-MG-Bataillons 1 in Schlamm und Dreck. Ebenso am Calvarienberg und in der Nähe der Festung Rocca Janula. Zusammen mit dem nahegelegenen Benediktinerkloster dominierte der »Burgberg« die Stadt Cassino. Er zählte zu den wichtigsten Abschnitten im

Vorfeld des Monte Cassino, da er durch einen Felssattel mit dem eigentlichen Klosterberg verbunden war.

Gegen Abend des 16. Februar 1944, etwa zweiunddreißig Stunden nach dem verheerenden Bombenangriff, geriet die indische 7. Brigade bereits am Fuß der Anhöhe in ein von unseren Pionieren zuvor gelegtes Minenfeld in der Mitte der Serpentinenstraße. Sogar hier oben konnten wir die ohrenbetäubenden Detonationen hören.

Dann griff das 1. Battalion Royal Sussex unter Lieutenant Colonel Glennies, das in der 7. Indischen Infanteriebrigade diente, »Snakeshead Ridge« an, eine andere wichtige Höhe. Dabei verlor es fünfzig Prozent seiner Männer. Ein weiteres Regiment versuchte es ebenfalls und erlitt ein ähnliches Schicksal.

Nichtsdestotrotz arbeiteten sich die verfluchten Gurkhas am nächsten Morgen die Steilhänge hoch. Damit waren die braunhäutigen, untersetzten nepalesischen Söldner aus den Hochtälern des Himalaja gemeint, die im Dienst der britischen Armee oder der indischen Streitkräfte standen, in denen sie eigene Verbände und Einheiten bildeten. Sie hatten für das Britische Empire schon in Flandern, Burma, Afrika und nun auch in Italien gekämpft. Gurkhas gehörten zu den zähesten, wildesten und tapfersten Krieger der Welt. Eiskalte und äußerst raffinierte Gebirgler, die sich auf jedem Berg wie zu Hause fühlten, waren sie doch im Himalaya ausgebildet worden. Aus diesem Grund wurden sie am Monte Cassino, der ihnen wie ein niedriger Hügel vorkommen musste, von den Briten gegen uns geschickt. Wie keine anderen konnten die Gurkhas mit den bis zu vierzig Zentimeter langen Krummdolchen umgehen, den jeder von ihnen stets mit sich führte. Es galt als

Schande, den sogenannten »Kukri« ohne Blut auf der Klinge wieder in die Scheide zurückzustecken. Außerdem erzählte man sich, würden die Gurkhas dem Gegner nie den Rücken kehren und keine Angst vor dem eigenen Tod verspüren.

Daran dachte ich, als ich die unter dem flankendeckenden Feuer der indischen Werferbatterien durch die Felsen nach oben wuselnden Gestalten sah. Eine Übermacht gegen eine geschrumpfte Kompanie Fallschirmjäger, Pioniere, Werfer und Gebirgsartillerie. Dennoch zögerten wir keine Sekunde unsere Haut so teuer wie möglich zu verkaufen!

Allerdings erkannten wir schnell, dass nicht nur nepalesische Gurkhas eingesetzt wurden, sondern ebenso indische Rajputana-Füsiliere.

Unsere MG 42 und die von Feinden gefürchteten 8,8-cm-Granatwerfer, die eine Reichweite von 2.800 Metern besaßen und exakt auf die Angreifer ausgerichtet waren, empfingen sie mit mörderischen Feuerschlägen. Und auch ich und andere Kameraden, die sich in einer breiten Reihe neben mir eingegraben hatten, schossen was das Zeug hielt. Dabei wanden wir uns immer wieder wie die Wiesel durch die Trümmer, um die Deckungslöcher zu wechseln und weiter zu feuern.

Wieder und wieder zogen die MG-Schützen die Abzugshebel durch, tasteten die zerklüfteten Abhänge nach neuen Zielen ab. Das stakkatoartige Rattern erfüllte die Luft um uns herum. Ein Angreifer nach dem anderen, die verzweifelt versuchten zwischen den Höhen Fuß zu fassen, wurden von den Felsen gefegt, kollerten wie Kegel die Hänge hinunter und entschwanden aus unserem Sichtfeld. Und auch unsere gefürchteten Granatwerfer der Werfergruppe spuckten ihre tödlichen Geschosse, hämmerten den Feind zusammen oder trieb ihn in Deckung. Dort konnte er jedoch nicht lange ausharren, weil die 7,5-cm-Gebirgsgeschütze 36, die bei den Gebirgsdivisionen der Wehrmacht verwendet wurden, ihnen feurige Einschlagswolken entgegenschleuderten. Und immer wieder das mörderische *Ratatatata* aus den gut getarnten MG-Nestern. Ein Patronengurt nach dem anderen wurde eingelegt, die Schützen, die flachen Jägerhelme in die Nacken geschoben, wurden von den Rückschlägen durchgerüttelt.

Der nächste Ansturm, das nächste Abwehrfeuer, die nächsten Toten und Verwundeten. Tatsächlich gelang es uns, den Sturmangriff abzuwehren. Dabei erlitten wir keine nennenswerten Verluste, abgesehen von einigen wenigen Leichtverletzten. Die indische 7. Brigade hingegen verlor zwölf Offiziere und einhundertdreißig Soldaten, die tot oder verletzt vor den Stellungen lieben blieben.

Ich musste ehrlicherweise eingestehen, dass es eine wahre Schande für die Briten war, die ihre tapferen Gurkhas und Rajputanas regelrecht als »Kanonenfutter« geopfert hatten. Sanitäter, die weiße Fahne mit dem Roten Kreuz schwenkend, kletterten geduckt zu den Verletzten hinüber, luden sie auf zusammenklappbaren Bahren oder in Zeltbahnen und trugen sie weg. Natürlich ließen wir sie gewähren.

Generalleutnant Bernard Freyberg, der Kommandant des II. New Zealand Corps, zu dem die indische Brigade gehörte, konnte es in seinem Befehlsstand unten im Tal nicht glauben. Die deutschen Fallschirmjäger, die eigentlich hätten längst schon restlos zerbombt sein sollen, leisteten unglaublichen Widerstand, rieben seine eigenen Truppen sogar auf! Und das im Wissen, dass die deutschen Einheiten auf ein Minimum zusammengeschrumpft sein mussten.

Deshalb schickte Freyberg seine Männer erneut ins Gefecht. Insgesamt sechs Bataillone versuchten, den Klosterberg und den daneben liegenden Monte Calvario und die dazwischenliegende Höhe 404 zu erstürmen. Dabei verzichteten die Briten und Amerikaner auf Feuerunterstützung durch Flugzeuge oder Artillerie. Das war natürlich dem Umstand geschuldet, dass sie dabei die eigenen Truppen treffen konnten.

Wieder wurden die Gurkhas von unseren MGs und Granatwerfern durchlöchert und zerfetzt. Sie hatten aufgrund des felsigen Bodens in der verkarsteten und damit deckungslosen Landschaft keine Möglichkeit, so schnell Schützenlöcher zu graben wie es notwendig gewesen wäre, obwohl sie sich besser damit auskannten, als jeder andere Truppe. Daher waren sie leichte Beute für den Beschuss aus den umliegenden Hochpunkten, die wir besetzt hielten. Somit befanden sie sich in unserem Kreuzfeuer und fielen wie die Fliegen.

Die Gefechte zogen sich bis durch die Nacht, während wir, durch Dreck und Staub kriechend, immer wieder neue Gefechtspositionen einnahmen.

Nach Stunden pausenlosen Waffengangs wurde die Hälfte meines Zugs von der Stellung in die frühmittelalterliche Krypta zurückgezogen. Diese war der einzige Teil des Klosters, der das Bombardement halbwegs überstanden hatte.

Verstaubt und zerschunden fassten wir karges Essen, tranken schales Wasser, das Notwendigste eben, um nicht aus physischer Schwäche über dem Gewehr zusammenzubrechen. Denn damit würden wir unserem Regiment wahrlich nicht dienen. Aber auch die Müdigkeit, die unerbittlich und schleichend Körper und Geist einlullte, war ein Riesenproblem. Ich schaffte es kaum mehr, die

Augen offenzuhalten, schlief tatsächlich für Minuten mitten beim Essen ein. Es war bereits nach Mitternacht und wir hatten eigentlich den ganzen Tag gekämpft.

Rowitz verpasste mir einen harten Ellbogenstoß, der mich unvermittelt wieder aus der traumleeren Schwärze herausriss, als wäre ich von einer Tarantel gestochen worden. Augenblicklich eilten wir zu den Gefechtsstellungen zurück, um die Kameraden abzuwechseln, die sich ebenfalls eine kurze Zeitspanne der Ruhe gönnen mussten.

So hatte ich das Stück der harten Brotkante kaum geschluckt, als ich wieder zwischen den Trümmern lag. Aber jetzt bewegte sich unterhalb der Hänge nichts. Erneut hatten wir einen Angriff zurückgeschlagen.

Allerdings traute ich der plötzlichen Stille nicht. Auch dieses Mal sollte ich mich nicht täuschen!

Am 18. Februar 1944, um zwei Uhr morgens, griffen bei schwachem Mondlicht zwei weitere Gurkha-Bataillone an! Dieses Mal von der Höhe 450 aus. Dabei gerieten sie in die von unseren Pionieren dicht verminten und mit Stacheldraht verstärkten Dornenhecken. Als wäre das nicht genug, kam noch das Kreuzfeuer aus unseren MGs und Granaten hinzu. Innerhalb weniger Minuten fielen über 240 Gurkhas. Dennoch gelang es einem Bataillon, im Schutze der Dunkelheit bis zur Höhe 444 vorzudringen. Diese befand sich nur rund zweihundert Meter nordwestlich der Abtei. Aber auch hier schlug ihnen der todesverachtende Abwehrkampf der Fallschirmjäger entgegen!

Bei Tagesanbruch mussten die Gurkhas feststellen, dass sie jetzt zwischen unseren Stellungen und denen der Kameraden am Monte Calvario eingeklemmt waren. Eine Situation, die sie weitere Verluste kosten konnte. Deshalb zogen sie sich mit ihren zahlreichen Verwundeten wieder zurück.

Nachdem sich die indische 7. Brigade eine dermaßen blutige Nase geholt hatte, brach der britische General Alexander am selben Tag die Eroberungsschlacht ab. Alle Versuche, Monte Cassino einzunehmen, waren gescheitert.

In Wahrheit verteidigten härteste, ausgebrannte Fallschirmjäger mit Bataillonen, die meist nur noch Kompaniestärken zählten, den Klosterberg erbittert gegen eine feindliche Übermacht. Ebenso war der Angriff des alliierten Essex-Bataillons und der Rajputana-Füsiliere gegen den Calvarienberg zusammengebrochen. Das war das klägliche Ergebnis einer Serie schlecht organisierter Anstürme.

Hauptsächlich verantwortlich für diesen verheerenden Misserfolg war Generalleutnant Bernard Freyberg, der mit seinem Zögern diese militärische Katastrophe erst ausgelöst hatte. Zum einen hatte er nach dem von ihm selbst so vehement geforderten Luftangriff auf den Klosterberg nicht unmittelbar darauf zum Sturm angesetzt, was er hätte tun sollen. Und zum anderen hatte er von seinen vierundzwanzig Bataillonen lediglich sechs in den Kampf geführt. Hinzu kam, dass es die Alliierten versäumt hatten, die letzten Stellungen und Hänge, an denen wir, die Fallschirmjäger des Oberst K. L. Schulz sprichwörtlich klebten, zu bombardieren, sondern vielmehr nur das Kloster und das umliegende Gelände. Und auch ein schneller Stoß über das Gebirge hinab zur Via Casilina hätte ihnen den Besitz des Monte Cassino einbringen können. Aber all das war glücklicherweise für uns, nicht geschehen. Hingegen hatten Infanteristen, Panzergrenadiere und Fallschirmjäger dreier arg gerupfter deutscher Divisionen ei-

nem Feind die Stirn geboten, der über uner-
schöpfliches Material verfügte, der uneinge-
schränkt den Luftraum beherrschte und seine besten Verbände aufbot, um seine Ziele zu erreichen.
Und dennoch: Der Plan von US-General Mark W.
Clark und dem britischen General Harold Alexander, die »Gustav-Linie« zu durchstoßen, das Liri-
Tal zu öffnen, den Sperrriegel Cassino aufzubre-
chen und so den Weg nach Rom freizumachen,
war misslungen. Es war ihnen lediglich am rechten deutschen Flügel gelungen, in die Stellung
einzudringen und nördlich von Cassino einen
Keil in die deutsche Front zu treiben.

So also hatte die Schlacht mit einem eindeutigen
deutschen Abwehrerfolg geendet. Nun schien der
Feind am Ende seiner Kraft. Aber nur scheinbar.
Denn erneut sollte die Hölle ihre Pforten öffnen,
um noch mehr Blut und Menschenleben zu for-
dern.

*

Trotz der bisherigen katastrophalen Misserfolge
der Alliierten, das unüberwindlich scheinenden
Bollwerk des Monte Cassino zu erobern, ent-
schloss sich der britische General Alexander am
23. Februar 1944 erneut zu einem frontal geführten Angriff gegen den Klosterberg. Doch dieses
Mal sollten seine Sturmtruppen durch eine ge-
meinsame Massierung von Luftwaffe und Artillerie unterstützt werden. Damit sollten die Verteidiger, die nach wie vor zwei Drittel des Monte Cassino hielten, endgültig neutralisiert werden, wie
es aus dem Führungsstab hieß. Mit einem derart
massiven Einhämmern auf die Stadt und den Berg
Cassino, um einen Durchbruch zu erzwingen, wä-

ren die Deutschen sicher außerstande, der gewaltigen Material- und Mannwalze standzuhalten.

Zu diesem Zeitpunkt konnten wir nicht ahnen, dass dem Gegner für diese neue Cassino-Schlacht 600 Bomber sowie 750 Geschütze mit 600.000 Granaten zur Verfügung standen.

Allerdings spielten zunächst die Wetterverhältnisse für die Erstürmung des »Monte« nicht mit. Noch einmal brach der Winter über Süditalien herein. Oben in den Abruzzen schneite es tagelang. Heftige Schneestürme zogen über die Gipfel. In tieferen Lagen setzte ein Landregen mit starkem Wind ein, der den Boden der umliegenden Täler samt dem Liri-Tal in zähen Morast und damit in beinahe russische »Rollbahnen« verwandelte. Dadurch waren auf beiden Seiten keine größeren Truppenbewegungen möglich, gleich gar kein Einsatz von Panzern oder weiteren motorisierten Verbänden.

Das Wasser füllte Stellungen und tiefer gelegene Unterstände, ebenso die Granattrichter und die tiefeingeschnittenen, schluchtenreichen Bachläufe. Um unsere Waffen gegen den strömenden Regen zu schützen, mussten wir sie mit Zeltplanen bedecken.

In diesen Tagen war kein feindliches Flugzeug zwischen den grauen Wolkenbergen zu sehen. Allerdings herrschte an einer Front nie vollkommene Ruhe. So beharkte uns die Artillerie aus dem Tal mit dem obligatorischen Störungsfeuer, das jedoch keine großen Schäden anrichtete.

Trotz oder gerade wegen der Gewissheit, dass uns ein Großangriff bevorstand, nutzten wir die verbleibende Zeit, die wir natürlich nicht genau bemessen konnten, zum Stellungsausbau auf den kahlen und verkarsteten Hängen. Das was mehr als ein hartes Stück Arbeit! Doch auch manche

»Fuchslöcher«, wie wir die Deckungslöcher nannten, saugten sich mit dem allumgebenden Himmelswasser voll, so dass wir diese wieder ausschöpfen mussten. In diesen relativ »ruhigen« Tagen konnten wir zudem unsere Toten in den Trümmern bergen.

Währenddessen, und ungeachtet des feindlichen Störungsfeuers, schafften Träger mit Maultieren über die sich in gelben Morast verwandelten Saumpfade Verpflegung und Munition aus dem Tal in die Berge heran.

Immer wieder ereigneten sich kleinere Scharmützel, wenn alliierte Truppen eine Anhöhe besetzten, dafür aber eine andere Stellung räumen mussten.

In dieser Zeit kam es auch zu der dringend benötigten Auffrischung. So ordnete Generalfeldmarschall Kesselring an, dass Stadt und Berg Cassino vom Fallschirmjäger-Regiment 3 übernommen werden sollte, dem zudem das am rechten Divisionsflügel eingesetzte II. Panzer-Grenadier-Regiment 8 der 3. P.G.D. unterstellt wurde. Das II. F.J.R. 3, verstärkt durch die 10. Kompanie, löste in der Stadt das Grenadier-Regiment 211 ab, das Fallschirm-MG-Bataillon 1 übergab Rocca Janula und den Klosterberg an das I. F.J.R. 3, und die Stellungen auf dem Calvarienberg, also der Höhe 593 gingen vom III. F.J.R. 3 in die Hand des II. F.J.R. 4 über. Letztlich jedoch waren es nur 80 Jäger mit sechs MG und zwei Granatwerfern, die sich in und um das Kloster herum verschanzten.

Es gab noch weitere Umbildungen, die allerdings für mich nicht von Belang waren. Dafür ordnete Oberst Schulz mir und Heiner Rowitz einen Meldegang hinunter zur Stadt Cassino an, die jetzt von der II. F.J.R. 3 gehalten wurde und dem Gegner erbitterten Widerstand leistete.

Dementsprechend hängte ich mir eine kleine Meldetasche um, die ich wie meine Augäpfel hütete. Darin befanden sich Informationen über die Verluste auf dem Klosterberg, die momentane Mannstärke, den Stand der Bewaffnung sowie der Munitions- und Verpflegungsvorräte. Die entsprechenden Papiere sollten wir Hauptmann Foltin übergeben.

Es war der 15. März 1944. Der Weg hinunter ins Tal, gestaltete sich als wahre Rutschpartie. Der Einzige, der dabei Spaß wie ein kleines Kind zu haben schien, als er auf dem Hosenboden meterweit die Abhänge hinunterschlitterte, war Heiner Rowitz.

Zum Glück hatte sich das Wetter wieder gebessert, was an der mitunter gefährlichen rutschigen Achterbahnfahrt hinab ins Liri-Tal, über das sich nun ein blauer Himmel spannte, aber nichts änderte. Dergleichen glitzerten die Kappen der Abruzzengipfel immer noch schneeweiß.

Wir waren froh, als wir den Fuß des Klosterberges schließlich mit heilen Knochen erreichten.

Zunächst jedoch ging es auf Feldwegen an vollgelaufenen Tümpeln, einsamen Feldern vorbei, durch Pinien- und Zypressenwälder und vereinzelten Olivenhainen. Allesamt war hier die Landschaft so jungfräulich und unangetastet von den bislang tobenden Schlachten, als würde über ihr eine schützende Kuppel liegen. Oder Gottes segnende Hände, wie der fromme Heiner meinte. Mit dem frischen Morgenwind, der den Geruch von nasser Erde, Schlamm und Morast trug, ging es weiter.

In der Morgendämmerung erreichten wir dann den Bahnhof von Cassino. Ganz in der Nähe hatte sich eine Granatwerferstellung in einer Gebäuderuine eingenistet. Das Problem der »Grünen Teufel« hier unten war, dass der Großteil der schweren Artillerie bei den alliierten Bombardements zerstört worden war. Somit blieben als wichtigste Waffen nur Maschinengewehre, Granatwerfer und Sprengstoffe.

In der Stadt befanden sich 350 Jäger des II. F.J.R. 3. Mehr waren es nicht, die sich in den Ruinen, Häusern und Kellern festkrallten.

Giuseppe Gazilio, ein italienischer Fallschirmjäger-Kamerad erzählte mir während einer kurzen Ruhepause, in der wir aus den Kochgeschirren kalte Suppe löffelten und vom harten, grauen Brot abbissen, dass Cassino-Stadt in der Vergangenheit des Öfteren zerstört worden war. Zuerst im 2. Punischen Krieg, der von 218 v. Chr. bis 201 v. Chr. zwischen Rom und Karthago ausgetragen worden war. Im Jahr 577 wurden Cassino und die 529 gegründete Abtei durch die Langobarden und 833 durch die Sarazenen dem Erdboden gleichgemacht.

Das gute Wetter machte Hauptmann Foltin, der die Informationen aus meiner Meldetasche genau gelesen hatte, sichtlich nervös. Denn Sonne und klarer Himmel bedeutete nichts anderes als Flugwetter. Und wenn die aufgeweichte Erde im Liri-Tal trocknete zudem auch Panzerwetter.

Schon vor unserer Ankunft war Foltin die taktischen Optionen durchgegangen, die ihm blieben. Da die Alliierten sich bei ihren Bodenvorstößen vorwiegend auf den Einsatz von Panzern verließen, hatte er seine Jäger, die sich hauptsächlich zu Fuß, mit Motorrädern oder den Panzerwagen Sdkfz 222 voranbewegten, Selbstschutzfallen anlegen lassen. Insbesondere Panzerabwehrminen wie etwa die Tellermine 43. Diese konnte verdeckt oder offen abgelegt werden. Die Minen wurden durch Druck auf die Druckplatte auf dem Deckel ausgelöst. Weitere Zugzünder in der Seite und in ihrem Boden sowie Entlastungszünder waren für die Wiederaufnahmesicherung verantwortlich. Angesichts der engen, trümmerübersäten Straßen und Gassen konnten die Sprengladungen effektiv eingesetzt werden.

Eigentlich sollten Rowitz und ich wieder zu unserer Einheit auf dem Klosterberg zurückzukehren. Doch in der Stunde, als wir aufbrechen wollten, platzten zwei Melder mit kreidebleichen Gesichtern in den Gefechtsstand.

Blitzartig durchfuhr es mich. Und meine schlimmsten Befürchtungen wurden noch bestätigt, als die Melder riefen: »Achtung! Neue Bomber!«

Und gleich darauf brach ein Inferno mit einer nie gekannten Heftigkeit über Cassino herein ...

*

Erst viel später erfuhr ich, dass Generalleutnant Freyberg für den weiteren Eroberungskampf des Bollwerkes Cassino nicht nur die indische, sondern auch die neuseeländische Division einbinden wollte. Demnach sollten die Neuseeländer nach einem Luftbombardement bisher unbekannten Ausmaßes die Stadt und die Festung Rocca Janula nehmen und die Inder von dort aus den Monte Cassino stürmen. Sollte es noch Überlebende des hartnäckigen deutschen Widerstandes geben, würden diese nun mit Tausenden Granaten zerfetzt und erschlagen werden.

Letztlich lag der Angriffsschwerpunkt in der Stadt selbst. Und ich und Heiner Rowitz waren mittendrin!

Die bedrückende Ruhe der vergangenen Nacht wurde auf einmal von einem monotonen Dröhnen durchbrochen, das von Norden kam und sich schnell und stetig näherte.

Alliierte Bomber! Der Großangriff begann!

Hauptmann Foltin befahl die fünfzig Jäger, die sich hier in der Nähe des Bahnhofes eingerichtet hatten und zu denen nun auch Rowitz und ich gehörten, sofort tief unter die Erde. Nur, wenn wir uns wie die Würmer eingruben, konnten wir überleben!

Der Kellerraum, den gleich darauf aufsuchten, sollte nötigen Schutz vor den Abwürfen bieten.

Pünktlich um 8.30 fiel über uns der erste Bombenteppich vom strahlenden Himmel, hüllte die gesamte Stadt in eine schwarzgraue Staubwolke, in der Menschen, Ruinen und noch stehende Häuser wie durch die Titanenfaust eines blutrünstigen Gottes regelrecht zermalmt wurden. Daraufhin verlor die Sonne ihren Glanz und ihre Helligkeit. Das Donnern, Krachen und Bersten vermischte sich mit dem Echo aus den umliegenden Bergwänden zu einem infernalischen Getöse. Die Erde bebte unter den Einschlägen wie ein zuckender, von tausenden Harpunen getroffener Wal in tiefster Agonie. Riesige Trümmerteile flogen wie Schrapnelle durch die qualmgeschwängerte Luft. Ganze Straßenzüge stürzten zusammen, Bomben rissen gähnende Krater in Vorgärten, Felder und Wiesen in der Nähe der Außenbezirke der Stadt. Geschütze und Panzer der Wehrmacht wurden wie Bälle durch den schwarzen Rauch des Fegefeuers geschleudert. Dazwischen wie Hasen im Zickzack rennend, Jäger und Zivilisten gleich darauf von der Glut erfasst und zerfetzt, verglüht, verschmort, verflüssigt. Andere wiederum verschwanden einfach spurlos in den gigantischen Explosionsfontänen. Ganze Züge und Gruppen wurden durch die Reihenvolltreffer restlos ausgelöscht, genauso wie jene, deren Häuser zu Menschenfallen geworden waren. Es schien kein Entkommen aus dieser Hölle zu geben.

Nach der ersten Welle mittlerer Bomber rollten für Stunden in Abständen von zehn und fünfzehn Minuten die nächsten heran, bestehend aus elf Gruppen schwerer und drei mittlerer Kampfflugzeuge. So lud ein Bomberpulk aus silbergrauen Ungeheuern, der seinen Auftrag mit höchstem Gleichmut erfüllte, ein ums andere Mal seine tödliche Fracht von 2.500 Bomben über die in schweigender Passivität im Sterben liegenden Stadt ab. Eine Todesfracht, die jene Menge übertraf, die über Berlin abgeworfen worden war. Und das auf einem Gebiet von gerade 400 mal 1.400 Metern. Das Inferno schien kein Ende zu nehmen. Selbst Gewölbe brachen zusammen. Die Erde inmitten dieses Glutofens toste und schrie wie ein waidwundes Tier, das auf Erlösung wartete. Auch auf den Klosterberg wurde mit gigantischen Fäusten eingeschlagen.

Wir ahnten nicht, dass die Alliierten für jeden noch in Cassino vermuteten Wehrmachtssoldaten rund fünf Tonnen Sprengstoff vorgesehen hatte. Der Einsatz der 775 Maschinen galt lediglich 350 deutschen Fallschirmjägern und Pionieren, die die Stadt hielten.

Das musste man sich einmal vorstellen!

Unten im Bahnhofskeller spürten wir die einzelnen Einschläge, krallten mit weit aufgerissenen Augen und offenen Mündern gegenseitig unsere Hände in die Schultern des Nachbarn. Und doch ging keinem von uns die Nerven durch.

Das erbarmungslose Stampfen der Riesen, die über uns auf der Erde wie Irrwische rasten, ließ alles zittern und beben wie am Tage des Jüngsten Gerichts. Kalk und Mörtel löste sich von der Decke. Durch die Wände zogen sich lange Risse, mitunter wie mit dem Lineal gezogen. Beißender Kalkstaub setzte sich in unsere Kehlen, brannte in die Augen. Nicht nur meterweit über uns schien es kein Entrinnen vor dem grausigen Tod ohne jegliche Gegenwehr zu geben. Auch wir erwarteten jeden Augenblick, dass die Decke über und die Mauern um uns herum nieder- und einstürzten, um uns für alle Ewigkeit zu begraben.

Aber das Untergeschoss hielt!

Stumm schickten wir, die abgebrühtesten Fallschirmjäger des Reiches, Stoßgebete gen Himmel. Niemand von uns hatte jemals eine solche Apokalypse erlebt und würde es auch danach niemals mehr tun!

Vier Stunden lang hämmerten Bomben und Granaten ohne Unterlass in die schon zuvor aufgerissenen Eingeweide der todgeweihten Stadt hinein. Viele wurden in den Trümmern verschüttet und erstickten elendig.

Zwischendurch war das Stöhnen, Wimmern und Schreien sterbender oder verstümmelter Zivilisten und Soldaten zu hören. Das jedenfalls glaubten wir zu vernehmen, obwohl es hier unten unmöglich war. Aber in diesen Stunden spielten uns die Sinne viele Streiche.

Oberjäger Fähnrich, Führer unserer Granatwerfergruppe, bekreuzigte sich immer wieder. Umso mehr, als das Schütteln und Rütteln weiterging und es gleich darauf einen Volltreffer auf den Bahnhof gab. Ein Teil der Decke stürzte nun doch herab. Gott Lob trafen die Trümmer keinen Kameraden, sondern zerschlugen lediglich ein Gestell mit Glasbehältern.

Währenddessen klinkten die Feinde neue Bombenteppiche über dem Frontabschnitt aus. Jetzt kamen wir uns in dem unterirdischen Gewölbe wie in einem U-Boot vor, das von Schlachtschiffen aufgebracht und nun mit Wasserbomben bekämpft wurde. Bei jeder weiteren Erschütterung waren wir der Überzeugung, dass es die Letzte war, die wir erleben würden. Denn ein erneuter Volltreffer auf das Bahnhofsgebäude würde wohl unser aller Ende bedeuten.

Wir sahen uns stumm an. Einsame, blutende, halb verhungerte, ausgezehrte, hohlwangige, ausgebrannte und todmüde Wölfe in Jägerkluften, die uns zur Elite machten.

Der nächste Schlag war so ohrenbetäubend, dass bei einigen Jägern die Trommelfelle platzten! Ein Teil des vorderen Kellers stürzte jetzt ein. Der Weg nach oben war uns dadurch versperrt.

»Wir werden hier eingemauert und verrotten!«, schrie Giuseppe Gazilio, der italienische Jäger, der mir gegenüber an der Wand kauerte. Aus seinen Ohren lief dunkelrotes Blut.

Hauptmann Foltin und Oberjäger Fähnrich trieben uns an. Erst jetzt wurde mir bewusst, dass bestimmt zwanzig der fünfzig Kameraden, die hier unten zusammengefunden hatten, durch den Einsturz im vorderen Bereich unter dem Schutt begraben waren. Aus einem gut eineinhalb Meter hohen Betonhaufen reckte sich eine zu einer Klaue gebogene Hand empor, als wollte sie im Augenblick des Todes doch noch nach dem Leben greifen. Ein anderer Kamerad, der dasselbe Schicksal erleiden musste, lebte allerdings. Nur durch einen schmalen Spalt schaute sein zerschundenes Gesicht aus den Steinen und dem Mörtel heraus und ließ ihm Luft zum Atmen. Ansonsten waren sein Rumpf und seine Gliedmaßen vollkommen verkeilt und eingeklemmt.

Sofort machten wir uns daran, ihn mit bloßen Händen aus den eingestürzten Mauerresten auszugraben, was schließlich auch gelang. Zerschunden und verbeult, mit schmerzenden Quetschungen und Schürfungen, jedoch mit dankendem, flackerndem Blick, stand er letztlich vor uns.

An der Rückseite des Gewölbes gab es einen Notdurchgang. Den nahmen wir Überlebenden nun hintereinander im Laufschritt. Bei der nächsten Bombe in unmittelbarer Nähe würde der gesamte Keller einstürzen.

Aber wohin?

An der Oberfläche hätten wir sprichwörtlich weniger Überlebenschancen als ein Schneeball im Fegefeuer!

Dann wurden die Detonationen immer leiser, bis schließlich Totenstille eintrat. Entweder war das nur die Minuten anhaltende Zeitspanne zwischen den einzelnen Fliegerwellen oder ...

Angespannt verharrten wir auf dem Gewölbegang. Keine Ahnung wie lange. Doch das Dröhnen der Bomber kehrte nicht zurück.

Vorne an der Treppe gab es Bewegung, dann wieder Stillstand. Ich hörte, wie Fähnrich rief, der Ausgang sei verschüttet.

Kamen wir jemals aus diesem unterirdischen Grab heraus, das nun auch noch zugeschüttet schien? Keiner von uns wollte hier drinnen elendig wie eine Ratte krepieren!

Vor mir flammten Wehrmachtstaschenlampen auf, dessen irisierendes Licht die Finsternis zerschnitt.

»Alle Mann nach vorn!« Das war Hauptmann Foltins energische Stimme.

Nun schoben wir uns nebeneinander durch den schmalen Gang. Oben am Aufgang der Treppe versuchten die ersten Jäger, mit bloßen Händen den Schutt beiseitezuschieben.

Jeweils nach einer Viertelstunde wechselten wir uns ab. Es war wirklich eine Schinderei, bei der wir uns alle Finger blutig schlugen und aufschürften. Jeder ging an seine Leistungsgrenze, bekämpfte seinen eigenen Schweinehund, um sich wie ein Maulwurf durch den Dreck zu wühlen. Bei den schwereren Gesteinsbrocken mussten mehrere Kameraden zupacken, was angesichts der Enge, die hier herrschte, nicht gerade einfach war. Zudem mussten wir aufpassen, dass die Trümmer nicht nachrutschten.

Unsere Gesichter standen vor Schmutz und glänzten vor Schweiß. Wir stanken allesamt wie verweste Leichen, die seit Tagen in glühender Sonne lagen. Und irgendwie kamen wir uns auch wie lebende Tote vor, die sich soeben aus ihren eigenen Gräbern den Weg ins Leben zurück schaufelten.

Dann, endlich, hatten wir einen mannbreiten Durchlass geschaffen, der den Weg ins Obergeschoss freimachte und durch den wir uns nach fast zwölf Stunden des Verschüttetseins ins Erdgeschoss zwängten. Auch hier oben stand wortwörtlich kein Stein mehr über dem anderen. Alle Mauern waren eingestürzt, der Boden mit zackigen Kratern und runden Trichtern übersät, angefüllt mit zerfetzten Torsos und abgerissenen Gliedmaßen von Menschen, die das Pech gehabt hatten, hier drinnen vergeblich Schutz zu suchen.

Dieses grauenhafte Bild brannte sich zeit meines Lebens bis in die tiefsten Tiefen meiner Seele hinab. Doch kaum standen wir im grellen Tageslicht, das unsere Augen für eine halbe Ewigkeit, wie es schien, blendete, wurde uns das gesamte Ausmaß der Zerstörung bewusst.

Die Stadt war nicht wiederzuerkennen. Nur noch eine Wüste aus Schuttmassen und Trümmerfeldern, ohne Häuser oder Straßenzeilen. Lediglich durchzogen von gähnenden Bombentrichtern und gezackten Kratern.

Doch kaum hatten wir uns an die Lichtverhältnisse gewöhnt – es mochte so um die Mittagszeit sein – kam ein Melder heran. Wusste der Himmel, aus welchem Erdloch er gekrochen war.

Dennoch besaß er genaue Informationen. Jedenfalls so genau, wie sie in diesem herrschenden Chaos nur sein konnten.

Der Feuersturm hatte schrecklich gewütet. Auch in den eigenen Reihen. Von der ursprünglichen Gefechtsstärke von rund 350 Mann des II. Fallschirmjäger-Regiment 3, waren mindestens 140 gefallen. Zählte man die 20 Toten im Bahnhofskeller mit hinzu, waren noch 140 am Leben. Diese hatten sich irgendwo verkrochen, mitunter in einem Felsenkeller am Fuße des Klosterbergs. Oder, wie eine Handvoll Jäger aus der Reserve, im Keller eines großen Geschäftshauses ausgeharrt.

Allerdings waren auch die Alliierten nicht von dem Flächenbombardement verschont geblieben. Denn irrtümlich hatte ein Bomberverband einen 24 Kilometer entfernten französischen Gefechtsstand bei Venafro in Mitleidenschaft gezogen, bei dem 140 Zivilisten starben. Wiederum andere Bomber hatten versehentlich ein marokkanisches Feldlazarett angegriffen. Insgesamt meldeten auch die englischen, neuseeländischen und amerikanischen Artilleriestellungen 44 Verluste. Bei der indischen Division gab es 50 Tote und Verletzte. Selbst der zu diesem Zeitpunkt nicht besetzte Wohnwagen von Lieutenant General Oliver Leese, dem Kommandeur der britischen 8. Armee, hatte einen Volltreffer abgekommen.

Von all dem wussten wir in diesen Stunden natürlich nichts. Ohnehin sollte das längst nicht das

Ende der berühmten Fahnenstange der Verwüstung sein. Das erfuhren wir gleich darauf, als Hauptmann Foltin den Befehl für den erneuten Rückzug in den halb zerstörten Kellerraum gab, der trotz allem mehr Sicherheit brachte, als sich auf blankem Erdboden zu befinden.

Und das aus gutem Grund!

Gleich, nachdem sich der Rauch des verheerenden Luftbombardements einigermaßen verzogen hatte, setzte nunmehr ein gewaltiges Trommelfeuer der feindlichen Artillerie auf die Stadt und den Klosterberg ein. Die Geschütze des neuseeländischen Korps und des Französischen Expeditions-Korps, ergänzt durch die Artillerie der 5. amerikanischen Armee und den Batterien des britischen X. Korps krachten auf. Später sollte ich erfahren, dass aus insgesamt über 900 Rohren von bis zu 24-cm-Kalibern beinahe 200.000 Granaten in die Trümmer Cassinos einhämmerten, sozusagen jeden Stein umdrehten. Auch hier galt, dass wir als Fallschirmjäger schon viele Artillerie-Feuerstürme erlebt hatten, aber noch niemals ein solches Inferno!

Die Absicht der Alliierten war klar: Kein Deutscher sollte diese menschengemachte Apokalypse überstehen, der Widerstand endgültig gebrochen, sprich eingeäschert und pulverisiert werden.

Hätten wir uns weiter im Freien befunden, dann wären wir augenblicklich von den Granaten zerfetzt worden. Die sofortige Verlegung in das Gewölbe war unsere Rettung.

Über drei Stunden lang hinweg schliff die Artillerie das, was die Flugzeuge verfehlt hatten.

Die feindlichen Batterien schossen eine Feuerglocke nach der anderen, hämmerten jedoch nicht nur erneut in die Stadt, sondern auch auf den Klosterberg. Die hellen, trompetenähnlichen Detonationen zerrissen die Blei- und Pulverhaltige Luft. Hinzu kam das Zischen der Raketen, die grellflammend in die Trümmerberge einschlugen. Unterstützt wurde die Artillerie von den alliierten Panzern. Darunter nicht nur die 30 Tonnen schweren »Sherman« Tanks mit ihren 75-mm-Kanonen M3 L/37,5 und ihrer Sekundärbewaffnung, bestehend aus 12,7-mm-MG Browning M2 und 7,62-mm-MG Browning M 1919, sondern auch leichtere amerikanische Kampfwagen. So etwa vom Modell »General Grant« oder »Commando«, die nur sechzehn Tonnen schwer waren, jedoch neben ihren 3,7 cm Kanonen, den Maschinengewehren und den Fla-MG zudem mit einem Speziallaufwerk ausgestattet waren, das ihnen Bewegungen im Gebirgsgelände gestattete.

Mit ihrem unverkennbaren Heulen zischten die großkalibrigen Granaten heran. Die Feuerbälle zwischen Schutt und Dreck sahen wie glühender Blumenkohl aus, aus dem zerschlagenes Gestein und Lehm emporstieg, zerfasert in einem dichten grauen Rauch, der das Tageslicht trübe und farblos erscheinen ließ. Die Erschütterungen der Detonationen muten wie lang anhaltende Erdbeben an. Das ohrenbetäubende Krachen der Geschütze übertönte jedes Geräusch. Den Artillerieblitzen folgten weitere blendende Explosionen, die tiefe Bodenkrater neben den bereits von dem Bombardement aus der Luft hinterlassen Trichter, verursachten.

Die Stadt sank nun, niedergetrommelt und zerstampft, wie ein schwarzer Aschehaufen regelrecht in sich zusammen. Und mit ihnen die allermeisten deutschen Stellungen, Geschütze und Panzer.

Davon wurden wir in diesen Stunden unten im Keller zwar keine Augenzeugen, aber kurz danach, als wir wieder aus unserer Deckung hervorkrochen.

Doch auch das war nicht das Ende!

Gegen 13 Uhr begann ein kombinierter Infanterie- und Panzerangriff auf die Aschestadt. 400 Panzerwagen rückten vor den neuseeländischen und indischen Sturmtruppen auf Cassino und die Festung Rocca Janula vor, weiterhin unterstützt von 144 Geschützen des neuseeländischen Korps. Niemand von ihnen erwartete, dass überhaupt ein einziger deutscher Soldat den zweifachen Zerstörungsorkan aus Bombenteppichen und Artillerie-Feuerwalzen überlebt hatte. Gleich gar nicht die Generalität der Briten, Amerikaner, Neuseeländer und Franzosen. Zu vernichtend waren Luft-, und Bodenbombardements gewesen.

Aber sie täuschten sich allesamt, hatten sie doch nicht mit der Zähigkeit, Ausdauer, dem ungebrochenen Widerstandswillen und dem stetigen Mut der »Grünen Teufel« gerechnet. So jedenfalls wurden wir später vom Feind genannt.

Auch wenn die Zahl der Fallschirmjäger in dieser beinahe epischen Schlacht immer weiter dezimiert wurde, waren wir in Bezug auf die Kampftüchtigkeit kaum ersetzbar. Uns einte, wie keine andere Truppe, Kameradschaft, Korpsgeist und soldatisches Können. Das waren schlechthin die Grundlagen jeder Elite und ebenso die Fundamente der deutschen Fallschirmtruppe. Ganz besonders war diese Basis bei uns ausgeprägt, weil wir im Gegensatz zu den anderweitigen Spezialtruppen, eng aufeinander angewiesen waren – und zwar vom erfahrenen Offizier bis hin zum jüngsten Jäger.

Warum das so war, ließ sich leicht erklären: Beim Sprung, bei der Landung und beim Kampf um den Absetzplatz, waren wir allesamt in derselben Situation und stets vorne mit dabei. Es gab im eigentlichen Sinne auch keine rückwärtigen Dienste. Ein Oberst musste genauso springen, landen und schießen, wie ein herkömmlicher Jäger. Diese Gemeinsamkeit verband uns wie Brüder miteinander, schweißte uns zusammen, ohne die Dienstränge außer acht zu lassen, die bei der Truppe Offiziere und den einfachen Soldaten voneinander unterschieden. Dabei versuchte jeder Einzelne das Beste für die Gemeinschaft zu erfüllen. Unsere Ausbildung kannte keinen stumpfsinnigen Drill auf Kasernenhöfen, sondern Gefechtsausbildungen in russischen Wäldern und Ebenen, Dünen an der normannischen Küste, südfranzösischem Gebirge oder nordafrikanische Wüsten. Dort waren wir zu harten, unerbittlichen strengen Einzelkämpfern geformt worden, mit allem Rüstzeug, was ein Elite-Soldat benötigte. Wir waren sozusagen »Allzweck-Soldaten«, die gleichzeitig Infanteristen, Pioniere und Panzerjäger waren, die die leichten und die schweren Infanteriewaffen beherrschten, reiten, kraftfahren und Skilaufen konnten. In uns trugen wir die besten Tugenden deutschen Soldatentums!

Aus diesem Korpsgeist heraus war es uns auch unter diesen militärisch widrigen Umständen klar – wenn man nicht die Einzelgefechte, sondern das große Ganze einer Schlacht betrachtete – dass wir dem Feind eine unvergessliche Lehre erteilen mussten. Dass diese sogar in die Geschichtsbücher eingehen sollte, konnten wir freilich nicht ahnen.

Wie blasse Gespenster kamen wir, die entgegen der Erwartungen der Alliierten das Inferno unbeschadet überstanden hatten, aus den Schutthaufen hervor, krochen aus tiefen Kellern, die den Bomben und Granaten standgehalten hatten. Oder wir schaufelten uns einen Weg durch Trümmer und Asche frei, verschanzten uns zwischen aufgehäuften Bergen aus verbrannter Erde, um den Feind gebührend zu empfangen. Denn überall da, wo noch Jäger lebten, erfolgte weiterhin heldenhafter Widerstand.

In diesen Stunden erfuhren wir wirksame Unterstützung durch das Werferregiment 71 unter Führung von Wolf Andrae. Der Oberstleutnant hatte bereits im Ersten Weltkrieg das Eiserne Kreuz 1. und 2. Klasse sowie das Ehrenkreuz für Frontkämpfer erhalten und war zudem Träger verschiedener Ehrenabzeichen und Orden im Zweiten Weltkrieg. Auch Generalleutnant Heidrich, der seit kurzem auf dem Gefechtsstand des Fallschirmjäger-Regiments 3 weilte, ließ uns Unterstützung zuteilwerden. Das Feuer der Masse seiner Artillerie konzentrierte sich um Cassino herum. Dadurch wurden feindliche Ansammlungen vor der Stadt und im Nordteil des Ortes zerschlagen und dem neuseeländischen Sturmlauf viel von seinem Schwung genommen. Zusätzlich fuhren vom Flugplatz Aquino her die Granaten einer schweren Flak-Abteilung in die Reihen der Angreifer. So halfen sprichwörtlich alle Truppenteile und Waffen zusammen, dem Angriffsspeer die Spitze zu brechen.

Das Problem für die vorrückenden alliierten Kampfverbände bestand zudem darin, dass die Stadt lediglich über eine einzige schmale Straße zu erreichen war. Hinzu kam, dass die ausgedehnten Minenfelder rundherum nur ein nacheinander Hindurchschleusen gestatteten.

Die ersten Pulks mit Sherman- und Stuart-Kampfwagen rückten an den nördlichen Stadtrand heran. Diese Tanks waren nicht mehr als maschinelle Konstruktionen, deren Kettenbänder genauso endlos zu laufen schienen, wie dieser jahrelange Krieg. Dennoch wurden sie gesteuert von Menschen aus Fleisch und Blut.

Geradewegs unbekümmert ragten die Panzerkommandanten aus den Türmen hoch, als wären sie sich nicht in einem Kriegseinsatz, sondern auf einer Militärparade. Dabei ahnten sie nicht, dass sie sich längst schon im Visier unserer Scharfschützen befanden. Genauso wie die unvorsichtigen Mannschaften der Infanterie, die hinter den Panzern herkamen.

Von meiner Position aus konnte ich die heranrollenden Stahlkolosse gut sehen. Jeden Moment wartete ich auf die Schüsse meiner Kameraden. Im Stillen zählte ich mit.

Bei dreiundzwanzig klangen die Schussdetonationen auf. Es waren zwar die Kugeln, die die Panzerführer von den Türmen stießen, aber die für Sekundenbruchteile vorausgehende Überraschung in den nun gebrochenen Augen rührte von der Tatsache her, dass sie nie und nimmer mit *lebenden* und dann auch noch *wehrhaften* Deutschen gerechnet hatten!

Derweil schlossen die Panzerbesatzungen schnell die Luken, kreidebleich, als wären sie davon überzeugt, die Toten seien wiederauferstanden. Anschließendes Feuer mähte den einen oder anderen Lamettaträger und zahlreiche Infanteristen nieder, die nun ebenfalls hektisch nach Deckung suchten.

Die Kampfwagen rollten weiter, um die hinter ihnen befindlichen Mannschaften zu sichern. Doch damit fuhren sie genau in die von uns gestellte Falle. Denn eines der Minenfelder, die der Feind seitlich des schmalen Weges wähnte, hatten die Fallschirmjäger zuvor schon dort mitten hinein gelegt!

Mein Herz schlug höher, als ich sah, wie sich die Kolosse mit wippenden Antennen und starren Geschützen näherten.

Sekunden nur noch ...

Gleich darauf rollte der erste Tank auf eine der Tellerminen 43! Ein ohrenbetäubender Krach erschütterte die Luft. Eine schwarze Detonationswolke hüllte den Kampfwagen ein, dessen Kette zerrissen und deshalb bewegungsunfähig war. Damit versperrte er den nachfolgenden Panzern den Weg, weil – wie zuvor schon erwähnt – die Gasse durch die Trümmer der Stadt so schmal war, dass sie hintereinanderfahren mussten.

Natürlich versuchten die übrigen Besatzungen das lädierte Kettenfahrzeug mit der Anbringung eines Schleppseils aus dem Weg zu räumen. Dabei schlug ihnen gutgezieltes und vernichtendes Feuer entgegen, das wir aus unseren notdürftigen Unterständen eröffneten. Viele Panzerfahrer fielen. Die anderen erklommen die Tanks wieder, um uns nun mit ihren Kanonen und MGs unter Beschuss zu nehmen. Schnell wechselten wir die Stellungen. Nach wie vor war unser Kampfgeist ungebrochen, auch wenn die Mittel zum Abwehrkampf personell und materiell arg begrenzt, sprich dezimiert waren.

Es dauerte seine Zeit, bis die feindlichen Pioniere zwar unter hohen Verlusten, die sie notgedrungen eingehen mussten, die restlichen Minen auf dem einzigen Weg ins Zentrum entschärft hatten. Dabei bekamen sie von den festsitzenden Panzern massiven Feuerschutz.

Dennoch hatte ihnen unser Bravourstück erhebliche Einbußen an Männern und Material eingebracht.

Jetzt lagen neben mir Heiner Rowitz, Oberjäger Fähnrich und zwei Kameraden, die den 8,8-cm-

Granatwerfer bedienten sowie ein Schütze, der hinter seinem MG 42 kauerte. Die anderen Jäger hatten sich fächerartig im wüstenartigen Gelände verteilt.

Erneut rollten Feuerwalzen aus den vielfach überlegenen Rohren der Panzervorhut und der Artillerie auf unsere primitiven Stellungen zu. Der Boden bebte unter meinem Körper, Steine und Splitter wirbelten wie Konfetti umher. Überall Staub und Feuer, die Gesichter tief in die Erde gegraben, um sie gleich nach dem Glutsturm wieder zu heben, um mit unseren Gewehren zu zielen, zu schießen und zu töten.

Dreckbespritzt, staubbedeckt und abgerissen, aber vollkommen entschlossen, uns der Übermacht entgegenzustellen, krochen wir wie verrückt gewordene Schakale aus unseren Deckungslöchern. Hinter den nächstliegenden Mauerresten gingen wir erneut in Stellung.

Der Granatwerfer neben mir spuckte beinahe unaufhörlich seine Geschosse auf die anrückenden Einheiten. Die MGs sangen ihr ratterndes und stakkatoartiges Lied vom Tod. Unterdessen waren die noch bestehenden schweren Maschinengewehrzüge und Granatwerferzüge zusammengezogen worden und miteinander verkoppelt eingesetzt.

Und dann half uns erneut der Umstand der totalen Zerstörung der Stadtlandschaft. Genauso wie oben auf dem Klosterberg auch hier unten. Letztlich hatte uns die amerikanische Luftwaffe erstklassige Panzerhindernisse beschert, die nun auch die einzige, zwischenzeitlich von den Minen geräumte Straße betrafen. Denn schon wenig später endete sie vor hochgetürmten Trümmerhaufen, so dass die Tanks stehen bleiben mussten. Die Kettenfahrzeuge waren nicht in der Lage, die unüberwindlichen Hindernisse aus geborstenen Mauern, eingestürzten Kellern, aufgehäuftem Geröll, die zerfetzten und von Schutt angefüllten Straßen sowie die zahllosen schroffen Bombentrichter zu überwinden. Pioniere und Panzerbesatzungen bemühten sich gemeinsam, Gassen durch das Kraterfeld zu schaffen. Das war für sie jedoch äußerst zeitraubend und brandgefährlich, befanden sie sich doch unter der Glocke unserer Scharfschützen. Und auch alle Anstrengungen, mit US-Bulldozern und Strassenhoblern einen Weg in die Stadt zu bereiten, führten nur sehr schleppend zum Erfolg. Deshalb verblieben die Tanks der neuseeländischen 4. Panzer-Brigade zunächst am Rande Cassinos zurück. Erst nach 36 Stunden sollte es ihren Pionieren gelingen, einen schmalen Zufahrtsweg zur Stadtmitte freizulegen. Allerdings konnte durch diese hohle Gasse kein effektiver Panzerangriff geführt werden.

Das nutzten einige Himmelhunde der II. F.J.R. 3 aus, die unbedingt auf »Koloss-Jagd« gehen wollten, wie sie kundtaten. Bewaffnet mit Sprengkapseln und mit Brennzündern versehene T-Minen schlichen sie sich unbemerkt durch die Deckung aus Schutt an zwei, drei Panzer heran. Von hinten enterten sie diese mit Riesensprüngen, rissen die Turmluken auf, zündeten die Minen und warfen sie in das Innere der Kampfwagen. Wiederum andere Teufelskerle legten die abgezogenen T 43 einfach hinter die Panzertürme. Kaum durchgeführt, sprangen sie von den Kolossen ab, um wieder Deckung zu suchen.

Sekunden später zerrissen krachende Detonationen die Luft. Die durch die Minen gesprengten Panzer barsten geradezu, wurden völlig auseinandergerissen.

Ein wahres Schützenfest!

Aber dann wurde das Gegenfeuer der nun vor die Kampfwagen rückenden indischen und neuseeländischen Sturmtruppen zu massiv, so dass sich auch die Tollkühnsten unter uns zurückziehen mussten. Trotz größter Tapferkeit konnten eine Handvoll Männer keine Schlacht gewinnen.

Allerdings waren die gegnerischen Infanteristen nun dazu gezwungen, ohne gepanzerte Obhut über die Trümmerberge zu klettern und wie die Hasen über die Wüstenlandschaft zu rennen. Damit wurden sie zu ausgezeichneten Zielen für uns.

Als sich die Neuseeländer und Inder durch die steinernen Barrieren kämpften, empfingen wir sie erneut mit einem Kugelhagel aus unseren Karabinern, Maschinengewehren und Granatwerfern. Die ratternden Blitze mähten diejenigen nieder, die sich nicht rechtzeitig in Deckung werfen konnten. Es war ein grausiges Blutbad. Eines von unzähligen in einem erbarmungslosen Krieg, in dem fanatische, mitunter verblendete oder von der eigenen Propaganda von Hass Beseelte vorangepeitscht wurden und aufeinander losgingen. Der Einsatz für dieses »Spiel« war Sieg oder Niederlage, Leben oder Tod, Freiheit oder Knechtschaft.

Die Tanks versuchten jetzt, ihre Infanterie zu unterstützen, schossen ein verwirrtes Trommelfeuer in die Trümmer vor ihnen. Völlig plan- und ziellos, wechselten wir doch immer wieder die Positionen. Die MG-Schützen suchten sich mit geschulterten Waffen andere Schussplätze aus, warfen sich in den Staub, legten die MGs an und feuerten, was das Zeug hielt, um gleich danach neue Ladestreifen aus den Munitionskisten nachzuführen. So kämmten sie die nähere Umgebung ab. Ein ums andere Mal.

Dem Feind fauchten buchstäblich von allen Seiten unsere Geschosse entgegen – aus den Schluchten von Schutthalden, hinter Mauerresten hervor, aus aufgerissenen Gewölben und aus durch den Granat-Beschuss freigelegten Kellern.

Es wurde zu einem Debakel für die Alliierten! Insbesondere für die 5. und 6. Neuseeländische Brigade. Der gesamte Vorstoß in die Stadt kam zunächst ins Stocken, bis er ganz stecken blieb. Und das trotz der vorherigen Unterstützung der Artillerie und der Panzer.

Wir kämpften, gezeichnet von außerordentlicher Härte, im Gewirr des unübersichtlichen Trümmerfelds wie die Löwen um ihre Jungen. Meist Mann gegen Mann duellierten wir uns bis zum Tod, ohne jedoch, das muss ich hervorheben, die Gebote der Ritterlichkeit zu missachten. Zumeist jedenfalls. Wir waren hart im Schlagen, doch nicht minder hart im Nehmen, fochten und rangen standhaft um jeden Fußbreit Boden. Aufgeben kam für uns nicht in Frage. Wir Jäger waren darauf gedrillt worden, bis zum letzten Atemzug alles in die Waagschale eines Gefechts zu werfen, zudem wir fähig waren. Selbst unter diesen miserablen Umständen, die wahrlich schlechter nicht sein konnten.

Ein bezeichnendes Beispiel für die Gnadenlosigkeit des Kampfes lieferte der Gefreite Hermann Matthiesen, der hundert Meter vor mir Stellung bezogen hatte. Von mehreren Granatsplittern getroffen sank er vor meinen Augen blutüberströmt und besinnungslosen über seinem Maschinengewehr zusammen. Die über ihn hinwegstürmenden Neuseeländer hielten ihn für gefallen.

Während ich noch fieberhaft überlegte, wie ich zu ihm kommen konnte, um ihm zu helfen, erlangte er jedoch Sekunden später wieder das Bewusstsein. Sofort begriff er die Lage, in der er sich befand, richtete, ganz alleine auf sich gestellt, das

MG-Feuer überfallartig auf die Infanteriezüge und zwang sie zu Boden. Danach sprang er trotz seiner Verletzungen, von Trichter zu Trichter, weiterhin schießend und außerdem unter meinem, Rowitz und Oberjäger Fähnrichs Feuerschutz, bis er unsere Stellung, die ursprünglich hinter ihm lag, erreichte. Selbst der italienische Kamerad Giuseppe Gazilio zollte ihm großen Respekt.

Hermann Matthiesen war nur einer jener tapferen Männer, die im Zuge der Schlachten um die Stadt und den Berg Cassino absolute Kühnheit bewiesen. Aber dennoch konnte er sich nicht gegen das Schicksal aufbäumen. Nur eine halbe Stunde später erhielt er einen Kopfschuss von einem neuseeländischen Scharfschützen. Der Gefreite Matthiesen war zweifellos als Held gefallen.

Während wir weiter Ruine für Ruine mit Klauen und Zähnen verteidigten, gelang es immer wieder, Gegenangriffe zu führen, die wie Nadelstiche wirkten. Zudem waren unsere Stellungen ineinander verzahnt, was ein Einnehmen noch schwieriger machte.

Ab und an schafften es dann doch Panzer auf schmalen, freigeschaufelten Wegen durch die Trümmerberge hindurch.

Als wir das Rasseln der Ketten vernahmen, flammte trotz der Abgekämpftheit unser Widerstandswille auf. Nur sechzig Meter vor mir, Rowitz und Oberjäger Fähnrich schälten sich aus dem lichtenden Rauch und Staub die ersten Sherman-Panzer heraus, die ich an diesem Frontabschnitt aus nächster Nähe sah. Allerdings mussten sie die Bombentrichter umfahren, rangierten deshalb seitlich sowie vor und zurück.

Das war die Chance für uns!

Rowitz, inzwischen mit einer Panzerfaust 60 bewaffnet, richtete das Rohr auf den ersten Kampfwagen, visierte ihn durch das aufklappbare Visier an und zog den Abzug durch.

Es gab einen lauten Knall. Um die Rückstoßenergie des ausgelösten Geschosses auszugleichen, war das Rohr der Einweg-Waffe nach hinten offen. Der dort entweichende Rückstoßstrahl war so groß, dass er die Abschussstellung verriet, deshalb wechselten wir allesamt schnell die Position.

Rowitz hatte gut gezielt, denn das Hohlladungsgeschoss, das bis zu zwanzig Zentimeter dicke Panzerungen durchschlagen konnte, schoss den anvisierten Tank lahm. Die Besatzung kletterte ins Freie, wurde aber sofort mit unseren Kugeln zugedeckt. Obwohl die beiden anderen Kampfwagen mehr oder weniger ohne bestimmtes Ziel zurückfeuerten, da wir schneller die Stellungen wechselten, als ihre Rohre uns folgen konnten, gelang es, schließlich diese ebenfalls kampfunfähig zu schießen. Jetzt standen sie in hellen Flammen, während die Mannschaft elendig darin umkamen. Allerdings rückte die zahlenmäßig um ein Vielfaches überlegene Infanterie sprichwörtlich auf der Kette nach.

Aber auch wir wurden weiterhin mit Artillerie unterstützt. Irgendwo her heulten Granaten einer unserer schweren noch unversehrten Flakbatterien heran. Zudem fegten Raketengeschosse der Nebelwerfer in die Reihen der Feinde und zwang sie erneut dazu, sich wie die Ratten in die Trümmerberge zu verkriechen. Somit standen sie uns in nichts nach. Der gebrochene Schwung ihres Bodensturms und ihrer Kampfmoral angesichts eines so zähen hartnäckigen Widerstandes, den sie längst schon in den Boden gestampft geglaubt zu haben schienen, musste eine fürchterliche Erfahrung für sie sein.

Nur in den Nächten bleib es weitgehend ruhig. Dann hieß es die Stellungen auszubauen und die Verbindungen zwischen ihnen herzustellen, die Verwundeten vom Schlachtfeld zu schaffen, um sie wenigstens halbwegs medizinisch zu versorgen. Ebenso Waffen, Munition und Verpflegung, sofern überhaupt noch ausreichend vorhanden, herbeizubringen. Dabei wechselten wir uns ab, während die anderen Jäger versuchten, eine Mütze Schlaf zu nehmen.

Derweil zeichnete uns das tagelange Verharren auf blankem Gestein in den engen Deckungslöchern, nur mit einer Zeltbahn zugedeckt als einzigem Schutz gegen Kälte und Nässe, vor allem in der Nacht. Zeitweise hatte wieder starker Regen eingesetzt, der das lose Geröll in einen schlammigen Brei verwandelte. Hinzu kam der Verzicht auf die primitivsten hygienischen Bedürfnisse. Ausgemergelt und erschöpft harrten wir dem, was noch kommen sollte. Auch Hunger quälte unsere Mägen, denn als Verpflegung gab es lediglich die mit Hartspiritus aufgewärmten Konserven. Was immer die Kameraden im tiefsten Winter an der Ostfront, irgendwo im gottverdammten »Mütterchen Russland«, wie der Iwan sagte, erlebt hatten – unsere Leiden standen deren beileibe nicht nach.

Tagelang wogte das blutige Katz- und Mausspiel hin und her. Aber schließlich gelang es der Übermacht des Gegners den Bahnhof Cassino, unter dem wir vor kurzem noch selbst gelegen hatten, in ihren Besitz zu bringen.

Die Männer des englischen 1. Essex-Bataillons, das wiederum zur 4. indischen Division gehörte, stand sogar im Begriff die Höhe 435 auf dem Klosterberg zu erreichen, um gemeinsam mit den tapferen Gurkhas weiter zur Abtei hinauf zu gelangen, mit dem ausgegebenen Ziel, diese einzunehmen. Allerdings führte unser I. FJR 4 einen Gegenstoß aus, unterstützt von einer Werferbatterie. Dabei wurde die Tommy-Brigade zersprengt.

Zuvor schon war es dem General der Fallschirmtruppe Richard Heidrich im Schutze der Dunkelheit gelungen, Verstärkung in die Stadt einzuschleusen. Darunter Mannschaftsteile des Pionier-Bataillons, des II. Fallschirmjäger-Regiments 1 und der Kradschützenkompanie der Division.

Alle weiteren Versuche des Feindes, Cassino oder den »Monte« in den nächsten Tagen zu erobern, scheiterten an der zähen Abwehrkraft der »Grünen Teufel.«

Daran änderte auch die Tatsache nichts, dass die Alliierten mit Kunstnebel versuchten, ihr Vorankommen vor dem Einblick unserer Artilleriebeobachter zu schützen.

Plötzlich vernahmen wir wieder dumpfes Brummen über uns. Sofort dachten wir an die Bomber, die zurückkehrten, um aus einer Wüste eine noch größere Wüste zu machen. Denn viel gab es hier nicht mehr zu zerstören oder auszulöschen, außer uns wenigen versprengten Widerständlern. Aber wir täuschten uns.

Andere Geräusche überlagerten die Flugzeuggeräusche. Ein unheimliches, scharfes Pfeifen, Schwirren und Knallen, als würden Peitschen durch die Luft geschlagen. Gleich darauf regneten Granaten überall auf das Gestein herunter, explodierten jedoch nicht, sondern zerplatzten. Aus ihrem topfähnlichen Inhalt quollen nun schwere graublaue Dunstschleier, die alles einhüllten – die Silhouetten der Stadt und der umliegenden Hügel und Berge, einschließlich uns selbst.

Ich bekam eine Heidenangst, die mir normalerweise fremd war, vermutete ich doch zuerst, dass es sich bei dem scharf stinkenden Teufelszeug um Kampfgas handeln würde, das uns wie Maulwürfe vergiften sollte. Aber schnell stellte sich heraus, dass es sich dabei lediglich um Kunstnebel handelte. Allerdings verkannten die Alliierten, dass sich dahinter nicht nur ihre eigenen Einheiten verstecken konnten, sondern ebenso für uns eine Abschirmung bedeutete. Diesen Umstand nutzten wir natürlich aus, um uns neu zu sortieren.

Dann kehrte kurze Ruhe ein. Der britische General Harold Alexander befahl am 22. März 1944, den Angriff einzustellen. Und auch die Neuseeländer zogen sich aus dem Zentrum der Stadt zurück. Letztlich hatten sechs nicht einmal vollständige Fallschirmjäger-Bataillone dem Ansturm zweier Elite-Divisionen der Alliierten standgehalten und sogar abgewiesen. Dabei hatten Kampfkommandanten bis zum jüngsten Jäger Schulter an Schulter in der Abwehrlinie gestanden!

In Cassino waren bislang alle Feindangriffe im deutschen Abwehrfeuer verblutet. Auch wenn unsere eigenen Reihen ebenfalls erhebliche Verluste aufwiesen. Hauptsächlich jedoch durch die vorausgehenden Bombardements und den massiven Artillerieschlägen.

Nach Absprache mit Hauptmann Foltin sollten Heiner Rowitz und ich die Kampfstille nutzen, um zu unserer Einheit auf dem Klosterberg zurückzukehren. Die letzten Jäger in Cassino organisierten sich derweil neu. Der Gegner stabilisierte die Front in gleichem Maße. Die meisten Verluste erlitt bislang die 4. indische Division, von der 3.000 Männer getötet, vermisst oder verwundet wurden. Und auch die 2. neuseeländische Division büßte 1.600 Soldaten ein.

Der amerikanische Fünf-Sterne-General George Catlett Marshall, Jr., der als Chief of Staff of the Army, also als Generalstabschef des Heeres die alliierten Operationen in Europa und im Pazifik koordinierte, bezeichnete gegenüber dem US-Kriegsminister die deutsche 1. Fallschirmjäger-Division als die »beste Division aller Fronten.« Und General Sir Henry Maitland Wilson, britischer Oberkommandierender im Nahen Osten, stellte fest, dass die deutschen Fallschirmjäger, die Verteidiger von Cassino, den eigenen Truppen ein Beispiel »verbissenen Widerstandes« gaben. Hinzu kam die Erfahrung der alliierten Panzerkriegsführung, dass der Grundsatz, ein von Luftstreitkräften und Artillerie unterstützter Panzerangriff könne nur von Panzerabwehrverbänden abgeschlagen werden, widerlegt war. Die »Grünen Teufel« hatten bewiesen, dass eine moderne und gut bewaffnete Infanterie bei günstigen Geländeverhältnissen durchaus in der Lage war, einen mit Panzern geführten Großkampf erfolgreich durchzustehen.

Wie auch immer, für mich und Rowitz wurde es Zeit zum Aufbruch, der eigentlich mehr ein »Ausbruch« aus der Stadt war. Der Abschied von Oberjäger Fähnrich und vom italienischen Kameraden Giuseppe Gazilio, die uns insbesondere aufgrund der gemeinsamen schweren Kämpfe in den letzten Tagen ans Herz gewachsen waren, verlief in gegenseitigem Respekt.

Wir hofften, uns irgendwann einmal wieder zu sehen. Und zwar in Zeiten des Friedens, fernab des Massensterbens, das durch Entscheidungen weniger Einzelner ausgelöst worden war.

*

Den Schutz der Dunkelheit ausnutzend schafften Rowitz und ich es tatsächlich zwischen den Feuern hindurch unbehelligt aus der Stadt hinaus, zu gelangen. Allerdings konnten wir den ursprünglichen Weg, den wir hierher genommen hatten, nicht mehr benutzen, weil dieser inzwischen gänzlich zerschossen und zerstört war. Dementsprechend blieb uns nichts anderes übrig, als uns über die kahlen Hänge hinaufzubewegen, was jedoch nichts als eine Schönfärberei des Wortes war. Denn in Wirklichkeit mussten wir stellenweise gefährliche und mühsame Kletterpartien bewältigen. Und das trotz unserer physischen und psychischen Zerschlagenheit. Nicht nur einmal halfen wir uns gegenseitig, um nicht von einem von den Bomben zerhämmerten Berghänge hinunterzustürzen.

Immer weiter und weiter, die karstigen Felsen hinauf. Dort oben lag das Ziel – das zerstörte Kloster. Und mit ihm die Reste unserer Einheit.

Mein Herz schlug so wild und fest unter der Anstrengung des hochriskanten Aufstiegs fernab jeglichen Weges, dass es mir in der Brust wehtat. Und der Schweiß rann in Strömen unter dem randlosen Springerhelm über Gesicht und Rücken. Meinem Kameraden erging es nicht anders.

Derweil mussten wir jeden Meter damit rechnen, auf den Feind zu stoßen. Denn letztlich waren wir durch dessen Linien geschlüpft wie glitschig nasse Seife durch raue Hände.

Als die Erschöpfung zu groß wurde, unsere Körper aufgrund der starken Belastung nicht mehr funktionieren wollten, zwängten wir uns einfach zwischen die kühlen Felsbrocken. Dort bedeckten wir uns mit Olivenzweigen, um nicht gleich gesehen zu werden, und schliefen wie die Toten. Doch die stetige innere Unruhe riss uns schon nach einer Stunde aus dem Dämmerzustand. Notgedrungen rafften wir uns wieder auf, die Glieder und Rücken halb gelähmt vom ungewohnten, unbequemen Liegen, die Köpfe in die Nacken gelegt, um unser Ziel zu betrachten, das sich im Grau des Morgens wie ein Scherenschnitt vom Himmel abhob.

Vorsichtig, mit an den Felsen aufgeschlagenen und blutig gestoßenen Händen pirschten und stiegen wir weiter den Monte hinauf. Die Uniformen waren mit Kalkstein, Dreck und Blut überzogen. Genauso wie unsere geschundenen Seelen.

*

Als Heiner Rowitz und ich schließlich die Klosterruine erreichten, vorbeigelassen von den staunenden Wachposten, offenbarte sich uns ein erschütterndes Bild. Denn nicht nur unten in der Stadt, sondern auch hier oben, waren die alliierten Feuerschläge weitergegangen.

Die Trümmer schienen sich noch höher zu häufen, die Bombentrichter noch tiefer und das Elend noch größer zu sein. Das schwere Feuer hatte dafür gesorgt, dass bei jedem Schritt Wolken von Kalkstaub hochwirbelten, die sich auf die Atemwege legten und in sämtliche Löcher der Uniformen und in die Öffnungen der Unterstände wie weißer Nebel kroch. Der Kalk sorgte für quälenden Husten, schmerzende Lungen und eingebüßte Stimmen.

Vorne im Prioratshof fanden wir zunächst eine Anzahl Schafe und Esel, die bis zu ihren Skeletten abgemagert waren. Wir erfuhren, dass sich die Tiere seit der Bombardierung des Klosters nur vom Bast der zerfetzten Palmen hatten ernähren können. In den Schutthalden stießen wir immer wieder auf tote Zivilpersonen, deren Arme und Beine aus den Trümmern hervorragten. Über ihnen hing eine Glocke von unbeschreiblichem Leichengeruch, der mir, hätte ich mich nicht längst daran gewöhnt, die Kotze aus dem Magen getrieben hätte.

Wir fanden Oberst Schulz bei Oberstabsarzt Tilmann Magerhold im Kellerlazarett auf dem zusammenklappbaren OP-Tisch sitzend. Die »Metzgerküche« war komplett überfüllt, der Gestank nach faulenden Wunden, altem Blut, Eiter, Karbol und Lysol schien noch dicker als beim letzten Mal, als ich hier unten war. Doch die meisten, die sich hier befanden, waren tot. Ihre Leichen lagen nicht mehr in der hintersten Ecke auf Bahren, sondern eingewickelt in Zeltplanen in den Zwischengängen auf den Strohsäcken direkt neben den Verwundeten. Und auch der »Gliederkübel« war so überfüllt, dass die abgetrennte Arme, Beine und Hände von dem Haufen abrutschten, als würden sie sich weigern, dort aufbewahrt zu werden.

Zum Glück war der Oberst mit einem Oberarmschuss nur leicht verletzt. Deshalb hatte ihn Dr. Magerhold nur lokalanästhetisiert, so dass er sich normal unterhalten konnte, während an ihm herumgedoktert wurde. Er zeigte sich freudig verwundert, als er mich und Rowitz sah. Wir machten wahrlich einen noch abgerissenen Eindruck, als der Kameraden, die im Kloster geblieben waren. Zudem hatte er wohl nicht mehr daran geglaubt, dass wir lebend zurückkommen würden.

Wir erstatteten Rapport über das, was wir erlebt hatten. Währenddessen stocherte der Oberstabsarzt mit der Pinzette nach dem Projektil in der Wunde, bis er es endlich fand, zwischen die Pinzettenbacken fasste und aus dem Fleisch herauspulte. Dabei verzog Schulz nicht einmal eine Miene und auch seine Stimme veränderte die Tonlage nicht. Er informierte uns darüber, dass vor ein paar Nächten drei Junkers Ju 52 einige Munitions- und Verpflegungskisten abgeworfen hatten. Und mit ihnen Nachschub an Mannschaften, bestehend aus sechzig Fallschirmjägern, denen es gelungen war, sich ohne große Verluste vom Absetzplatz bis in die zerstörte Abtei durchzukämpfen. Das war die gute Nachricht. Die schlechte hingegen, dass die Verbindung zum Befehlsstand im Tal weiterhin unterbrochen war, weil die Kabel durch feindlichen Granatwerferbeschuss noch immer zerrissen waren. Vor kurzem waren Störungssucher losgeschickt worden, um die Leitungen zu flicken.

Mir wurde schnell klar, dass die Schlacht beileibe nicht zu Ende war.

Erst lange nach all diesen Ereignissen – und jenen schrecklichen, die uns noch bevorstanden – erfuhr ich, dass die bislang erfolgreiche Verteidigung von Cassino-Stadt und Berg, die die Welt geradezu in Staunen versetzt hatte, zu den glänzendsten Waffentaten gehören sollte, die deutsche Soldaten in diesem verdammungswürdigen Krieg vollbracht hatten. Manch einer verglich die Schlachten um Cassino mit jenem von Verdun im Ersten Weltkrieg. Auch dort war einer gewaltigen Materialwalze zunächst standgehalten und getrotzt worden.

Wir Fallschirmjäger wussten, dass das Halten dieser strategisch wichtigen Stellung für uns nichts anderes, als ein Kampf auf Leben und Tod bedeutete. Dennoch, wie bereits erwähnt, waren wir zwar allesamt abgekämpft, übermüdet, von Kälte, Nässe, schlechten Hygienebedingungen, Krankheiten und Hunger gezeichnet, an dem auch die abgeworfene Verpflegung nur eine kurze

Zeit etwas ändern konnte. Und doch war unser Kampfgeist ungebrochen! Wir hatten bewiesen, wie man vor allem durch hervorragende und mutige Einzelleistungen, die zu einem Gesamterfolg zusammenwuchsen, mit einer vielseitigen gegnerischen Überlegenheit aus Mannstärke und Kriegsmaterial fertig werden konnte ...

In diesen Tagen erfolgte wieder einmal eine Kampfpause, die insbesondere die Alliierten nutzten. Beiderseits von Cassino bezogen das britische XIII. und das polnische II. Korps Stellung. Ein weiteres, aus drei Divisionen bestehendes Korps, stand als Reserve bereit.

Bei den deutschen Einheiten an der Landungsfront von Anzio kam es erneut mehrmals zu Neuordnungen der Befehlsverhältnisse und der Truppen. Wichtig an dieser Stelle war jedoch nur, dass die Schlüsselstellung der Cassino-Front – also Stadt und Klosterberg Cassino sowie das Monte Cairo-Massiv – weiterhin der Obhut der 1. Fallschirmjäger-Division von Generalleutnant Richard Heidrich anvertraut war. Obwohl auch hier die Abschnitte innerhalb der Division wechselten, deren neue Aufstellungen ich es mir erspare aufzuzählen. Jedenfalls war die 1. FJD nicht nur durch die bisherigen Verluste bezüglich der März-Schlachten ziemlich geschwächt, sondern ebenso, weil sie ein Drittel ihres Bestandes für Verbände nach Frankreich abstellen musste. So zählten die jeweiligen Regimenter nur noch zwei schwache Bataillone mit Stärken von lediglich 200 bis 300 Mannschaften. Allerdings war die 1. FSD insgesamt weiterhin mit Panzerabwehrwaffen und Artillerie ausgerüstet. Ich wusste, dass ihr Anfang Mai 1944 folgende Panzerjäger- und Artillerie-Verbände des Heeres unterstellt waren: Sturmgeschütz-Abteilung 242, Heeres-Panzerjäger-Abteilung 525 mit Hornissen, also 8,8-cm-Pak auf Selbstfahrlafetten, Panzerjäger-Abteilung 144, Artillerie-Stab z. b. V. 553 Oberst Denzinger sowie die Heeres-Artillerie-Abteilungen 53, 450, 602, 992, das IV. Artillerie-Regiment 190, eine schwere Flak-Abteilung mit 8,8-cm-Flak. Zudem gab es eine Zusammenarbeit mit dem Werfer-Regiment 71.

Von der starken Artillerie konnten wir hier oben in der Abtei jedoch nur träumen, selbst wenn sie mitunter an anderen Stellungen und Höhenzügen gestellt war.

Noch ahnten wir nicht, dass sich auch die Alliierten neu formiert hatten. So sollte die britische 8. Armee und die 5. US-Armee den rechten Flügel der deutschen 10. Armee vernichten, um letztlich ostwärts nach Rom vorzurücken. Dazu hatte der britische General Harold Alexander zwischen den Abruzzen und der Garigliano-Mündung eine gewaltige Streitmacht konzentriert. Der Schwerpunkt seiner 8. Armee verlagerte sich dabei in den Raum Cassino. Hinzu kamen Truppen des neugebildeten französischen Expeditionskorps unter dem Oberbefehl von General Alphonse Juin sowie des polnischen II. Korps von Generalleutnant Wladyslaw Anders. Es waren sogar Großverbände aus Kanada und dem Nahen Osten eingetroffen.

So standen wir also Amerikanern, Kanadiern, Briten, Neuseeländern, Indern, Franzosen, Nordafrikanern, Polen und noch weiteren Nationalitäten gegenüber – einer erdrückenden Übermacht an Menschen und Kriegsmaterial. Konkret 21 alliierten Divisionen und 11 Verbänden in Brigadestärke gegen 14 deutsche Divisionen und drei brigadeähnlichen Verbänden. Aber selbst diese Zahlen täuschten, verfügten unsere Divisionen doch nur über sechs, die Panzer-Divisionen nur über vier Infanterie-Bataillone, die gegnerischen hingegen über neun Bataillone. Hinzu kam, dass diese ausgeruht und aufgefrischt waren, die deutschen allerdings ausgeblutet, abgekämpft und mit weitaus geringeren Gefechtsstärken.

Hätte ich das alles damals so detailliert gewusst, wäre mir schnell klar geworden, dass wir auf verlorenem Posten standen.

Dann kam der 11. Mai 1944.

Und mit diesem Tag begann die letzte Schlacht um Cassino.

*

Es war ein Abend wie jeder andere. Und wie immer bei Einbruch der Dunkelheit krochen wir aus unseren Löchern, provisorischen Unterständen und Stellungen heraus, um uns zu dehnen und zu strecken. Jedenfalls diejenigen, die um diese Zeit den Alarmposten besetzen mussten. So wie ich und Rowitz.

Ein obligatorischer Blick gen Himmel, zeigte mir, dass dort oben alles ruhig war. Die Sterne blinkten fern. Der Mond warf sein blasses Licht auf die tote Erde um uns herum, leuchtete die Krater und Trichter beinahe bis zum Grund aus, so dass sie wie gähnende Mäuler von Ungeheuern anmuteten. Der Wind war lau, fast warm. Der Frühling zog mit Riesenschritten heran, verdrängte die letzte Kälte des Winters. Nur ab und an war aus dem Liri-Tal Störungsfeuer zu vernehmen. Nichts Besonderes also. Das Antlitz der Cassino-Front zeigte sich wie gewohnt. Zumindest seit der Feuerpause.

So bezogen Rowitz und ich Alarmposten vor dem Zuggefechtsstand. Am Rand des Deckungsloches sitzend, rauchten und palaverten wir über alte Zeiten und die ferne Heimat. Über unsere Liebsten und Familien, über das, was wir tun wollten, wenn wir diesen Krieg überstanden hatten und wir endlich aus diesem Kampfeinsatz wieder nach Hause kamen. Aber wer wusste schon, vielleicht wurden wir gleich danach an einen anderen Brennpunkt verlegt. Und auch über den Kameraden Gustav Kuschel sprachen wir, der hier oben, gestorben an einem Milzdurchschuss, sein trauriges Grab gefunden hatte.

Ab und an eilte ein Melder an uns vorüber. Irgendjemand hackte drüben Holz und aus der Feldküche klapperte Geschirr. Wie gewöhnlich tat der Grabendienst seinen Rundgang, luchste uns immer mal wieder eine Zigarette ab, die wir natürlich gerne abgaben. Eigentlich war ich Nichtraucher. Aber der »Monte« hatte es geschafft, dass ich nach den Glimmstängeln griff, wie fast jeder hier. Gewiss nicht aus Sucht oder Prahlerei, sondern aus der Einbildung heraus, dass der starke Tabak die Nerven beruhigte. Je mehr ich mir das einredete, umso mehr half es trügischerweise.

Weiter unterhalb unseres Postenloches verrichtete die Störungstruppe ihre Arbeit. Ich war froh, dass wir Auffrischung bekommen hatten. Die Kameraden, die aus den Jus abgesprungen waren, hatten bislang nur von der Hölle am Monte Cassino gehört. Aber jetzt waren sie selbst mitten drin. Natürlich hoffte ein jeder, dass nicht noch einmal das Fegefeuer losbrechen würde, genauso wie es vernünftige Menschen taten. Dennoch waren wir als Soldaten allzeit bereit, für Führer, Volk und Vaterland zu sterben!

Ich wollte mir gerade einen neuen Sargnagel anzünden, als ich mitten in der Bewegung verhielt.

Denn auf einmal war nichts mehr wie zuvor!

Es war exakt 23 Uhr.

Zeitgleich, wie ich später erfuhr, eröffneten völlig überraschend an dem etwa dreißig Kilometer langen Frontabschnitt – von der italienischen Küste bis zum oberen Rapido-Tal und zum »Monte« – rund 2.000 alliierte Geschütze, 2.000 Panzer und 3.000 Flugzeuge ihr mörderisches Trommelfeuer auf die Stellungen der Deutschen. Und das mit mathematischer Präzision! Die britische 8. Armee und die 5. US-Armee wollten uns, die Resteinheiten der 1. FJD sowie noch vier weitere, ausgeblutete deutsche Divisionen, geradewegs grillen!

Zuerst flammte es drunten im Tal auf, als würde man einen Lichtschalter anmachen. Das Aufzucken und Aufblitzen wurde von einem ohrenbetäubenden Krachen, Tosen, Zischen, Heulen und Bersten begleitet, als würde die ganze Front aufbrüllen. Und irgendwie war es auch so! Zudem wurden im oberen Rapido-Tal tausende Nebelgranaten abgesetzt.

Jedenfalls wurden Rowitz und ich von dem Inferno entfesselter Kriegsgewalten in das Postenloch hineingetrieben. Die blitzenden, feuerschlangengleichen Abschüsse kamen wie ein Wetterleuchten über uns, verbunden mit grollendem Donner, der sich an den Bergwänden brach. Der Boden erzitterte unter den Einschlägen. Unzählige Granaten wühlten sich in die Erde, die deutschen Stellungen und Gefechtsstände. Steine und Erdbrocken wirbelten umher. Pulvergestank erfüllte die Luft.

Ein Kamerad vom Grabendienst wurde von einem fast meterlangen Splitter regelrecht enthauptet. Sein Kopf flog wie ein Fußball in die Finsternis, während sein Torso umkippte, wie eine Marionette, der man unverrichteter Dinge die Fäden gekappt hatte.

Uns war sofort klar, dass dies kein herkömmlicher Feuerüberfall war, sondern der Beginn der vermuteten Großoffensive der Alliierten!

Neben uns schlugen nun weitere heranheulende Granaten ein, so dass wir uns noch tiefer in das Postenloch hineinduckten, unfähig zur Gegenwehr. Mit was auch? Mit Karabinern, Maschinengewehren und Granatwerfern gegen tausende schwere Batterien, Panzer und Flugzeuge?

Der Feind trommelte weiter und weiter. Der blutsaufende und Eingeweidefressende Teufel lachte wie irre, angesichts der bevorstehenden Schlachterei.

Nach etwa eineinhalb Stunden andauernder Artillerievorbereitung – und immer noch bei Nacht – traten drüben am Monte Calvario das 13. und 15. Bataillon der 5. Kresowa-Infanteriedivision des polnischen II. Korps auf die ihnen völlig unbekannten Berghänge zum Angriff an. Zunächst konzentrierten sie ihren Sturm auf die Höhe 517. Doch gerieten sie unversehens in starkes Steil-, Flach-, Riegel und Flankenfeuer der dort noch vorhandenen Artillerie und Mörser, der eingegrabenen Kameraden. Dennoch erreichten zwei polnische Kompanien den Höhenzug, wurden jedoch durch frontalen und von der Seite her einprasselnden Beschuss sowie durch Fallen und Minen beinahe gänzlich aufgerieben. Zudem wurden ihre Telefonverbindungen unterbrochen und die Funkgeräte zerstört. Weitere Einheiten rückten an, darunter das II. Bataillon der Karpatenjäger der 3. Karpaten-Schützendivision.

So ging es hin und her. Tagelang. Auch an anderen Frontabschnitten, wie etwa unterhalb vom »Monte«, südlich von Cassino in der Liri-Ebene, in der inzwischen beinahe die Hälfte der eingesetzten Bataillone des polnischen II. Korps kampfunfähig oder zerrieben worden war. Währenddessen versuchte die indische 8. und die britische 4. Division, das hart umkämpfte Cassino erneut einzuschließen. Doch Generalfeldmarschall Kesselring warf ihnen alle verfügbaren Reserveeinheiten entgegen, um den Fall der Stadt, der gewiss nicht mehr zu verhindern war, noch hinauszuzögern.

Für uns kam die Gefahr jedoch aus dem Süden des Cassino-Abschnitts. Denn dort formierten sich die sogenannten »Goumiers«, marokkanische Trossbataillone, rekrutiert aus den kampferprobten Bergstämmen Nordafrikas sowie aus einem Regiment der marokkanischen 4. Gebirgsdivision. Diese Gebirgskampftruppe unter General Juin, dem Befehlshaber der französischen Expeditionstruppe, fasste insgesamt 12.000 Mann und 4.000 Maultiere, die den Monte Rotondo geradezu überrollten und so die südliche Angel der Cassino-Pforte sprengten. Durch die Aurunci-Berge brachen sie, im Gegensatz zum Vorstoß am 11. und 12. Januar 1944, letztlich durch die bisher uneinnehmbare »Gustav-Linie« durch. Im Küstenabschnitt schritt das II. US-Korps unter Major-General Geoffrey Keyes zwar erst nach schweren Kämpfen erfolgreich voran und auch das britische XIII. Korps unter Lieutenant General Sidney Kirkman kämpfte sich am und durch den Rapido, um danach die Abschnürung von Cassino Stadt und Kloster durchzuführen. Ergänzt durch Major-General Charles Keightleys 78. Division.

Dann ging es Schlag auf Schlag. Die Briten scheiterten zunächst an dem völlig aufgeriebenen Fallschirmjäger-MG-Bataillon 1. Unerschütterlich stand Leutnant Schimpke mit der 1. Kompanie der Fallschirm-Panzerjäger-Abteilung 1 dort, die 20 schwere Panzer abschoss und sämtliche Infanterie-Angriffe gegen den Südeingang von Cassino zerschlug.

Die Franzosen hingegen eroberten deutsche Schlüsselstellungen. Und auch die Polen erkämpften sich Geländevorsprünge. Allerdings mit hohem Blutzoll.

Und dennoch leistete der Rest der 1. Fallschirmjäger-Division erbitterten Widerstand, setzte hier und da sogar zu Gegenstößen an. Mit nur rund 700 Mann trotzten sie dem Ansturm zweier kriegsstarker Divisionen, rissen klaffende Lücken in die Feind-Formationen.

Ebenso scheitern unten im Liri-Tal die Briten einmal mehr, die Stadt Cassino einzunehmen.

Am Tage jedoch versanken die Stellungen der deutschen Artillerie erneut unter den Bombenteppichen alliierter Jagdbomber-Schwärme. Auch das Hauptquartier der deutschen 10. Armee in Avezzano sowie der Gefechtsstand des XIV. Panzer-Korps wurden dabei ausgeschaltet.

Der gewaltigen Übermacht war wahrlich kein Kraut gewachsen. Trotz tapferer Gegenwehr kam es an allen Frontabschnitten zu entscheidenden Einbrüchen und Niederlagen.

*

Seit dem Beginn der letzten, der entscheidenden Schlacht, wogte über dem Rapido- und dem Liri-Tal ein undurchdringliches künstliches Nebelmeer, erschaffen von den Alliierten. Und auch das Kloster selbst war tagsüber von einer dichten Nebelwand umschlossen. Diese zwang uns einmal mehr unter die Gasmasken. So jedenfalls lautete der entsprechende Befehl.

Inzwischen stapelten sich vor den Höhen die Leichenberge. Der Gestank wurde unerträglich.

Und auch die Zahl der Verwundeten nahm stetig zu. Dr. Magerhold und seine Sanitäter waren sogar gezwungen, Amputationen direkt in den Gefechtsständen vorzunehmen, als würden sie in einer Fleischfabrik arbeiten. Hinzu kam, dass wir seit drei Tagen keinen Schlaf mehr gefunden und nur noch wenig Wasser zur Verfügung hatten. Es war die reinste Hölle!

Dennoch wurden Rowitz, ich und drei weitere Jäger zur Höhe 593 abgezogen. Denn dort tobte ein mörderischer Kampf zwischen Kameraden und den Polen.

Die Handvoll Auserwählter arbeitete sich vom Kloster über den Monte D'Onofrio zur Höhe 569 und dann zum gegenüberliegenden Calvarienberg, Höhe 593 hinauf, mitunter unter Artilleriebeschuss. Dennoch schafften wir es, ohne Verluste.

Obwohl die 3. Karpaten-Schützendivision unter Major General Bronislaw Duch die Höhe 593 zuvor eingenommen hatte, war sie durch einen letzten Gegenstoß der 14. Kompanie, der Regimentsreserve des FJ 3 unter Oberfeldwebel Schmidt, das lediglich noch aus 22 Mann bestand, aus der Stellung geworfen worden. Nun kamen wir als kleine Verstärkung hinzu.

Als die Polen erneut gegen uns anstürmten, bekamen sie wieder die gesamte Härte der »Grünen Teufel« zu spüren.

Wir sahen, wie die Karpatenschützen im trüben Tageslicht wie ein braunes Ameisenheer einen engen Pfad hinaufkletterten, um im Schutz der eigenen Artillerie möglichst nahe an den Gipfel heranzukommen. Unsere Taktik war einfach, aber effektiv: Wir ließen die Angreifer an unsere kaum auszumachenden, kleinen und gut getarnten Stellungen herankommen, um sie dann wie aus dem

Nichts heraus mit MG und Handgranaten zu bekämpfen.

Allerdings hatten die polnischen Pioniere schon zuvor einen heraufführenden Weg erheblich verbreitern können, der nun sogar den Einsatz von Panzern der polnischen 2. Panzerbrigade gestattete.

Insgesamt ein halbes Dutzend Tanks rollten herauf, um unsere Gefechtsstellungen unter Beschuss zu nehmen.

Deshalb mussten wir uns unverzüglich in die Felsen begeben.

Alle Mann rannten los. Vor uns die Panzertürme, die Tod und Teufel, Flammen und Granaten spuckten.

Zehn Meter neben mir befand sich Rowitz. Aus den Augenwinkeln heraus registrierte ich plötzlich, wie er regelrecht in einer Feuerwolke zerfetzt wurde! Seine abgerissenen versengten Körperteile flogen mir buchstäblich um die Ohren. Ich konnte es kaum fassen!

Ich selbst wurde von einer Druckwelle erfasst und gegen die Felsen geschleudert, blieb aber unverletzt.

In diesem Moment vergaß ich alles um mich herum. Ich rappelte mich auf, griff nach einer T-Mine, die irgendwo auf dem Weg neben mir lag. Wieso und warum war mir völlig egal. Mit einem Kampfschrei auf den Lippen rannte ich einfach zurück zu dem Kampfwagen, der meinen Kameraden in Stücke geschossen hatte. Genauso, wie es unten in Cassino-Stadt wagemutige Jäger getan hatten, wollte ich den Tank nun ebenfalls in die Hölle sprengen!

Der Geschützturm schwenkte auf mich zu. Doch bevor er mir seine kreischende, donnernde und krachende Ladung entgegenschleudern konnte, lag ich bereits auf der Erde und rollte mich seitlich weg. Beinahe hätten mich die schweren Ketten des Panzers zermalmt. Aber eben nur beinahe!

Aufspringen, den Tank von hinten enternd, die Turmluke aufreißend, die Reißleine der Mine ziehend und ins Innere hineinwerfend – alles geschah blitzschnell, so als ob ich das schon tausende Male zuvor getan hätte. Wieder rechtzeitig sprang ich von dem Metallkoloss herunter und warf mich in ein Deckungsloch in der Nähe der Felsen.

Boooommmm!

Die Detonation war so laut, dass ich glaubte, für immer taub zu sein. Vorsichtig spähte ich aus dem Granattrichter. Im schwarzen Qualm sah ich, wie der stählerne Koloss hellauf in Flammen stand. Die Besatzung hatte es nicht geschafft, sich in Sicherheit zu bringen und verbrannte darin wie in einem Glutofen. Allerdings empfand ich kein Mitleid, sondern nur unbändigen Hass.

Die Kanone des hinter dem brennenden Panzer stehenden Tanks bewegte sich träge in meine Richtung. Im selben Moment krachte eine deutsche 7,5-cm-Pak 40 auf. Die panzerbrechende Panzergranat-Patrone zerschoss den Turm und verwandelte ihn in ein rauchendes Flammenmeer.

Die vier restlichen Panzer nahmen nun die Pak ins Visier. Der Vorhang der Feuerwalze hüllte die Kanone für Sekunden ein, bis sie diese samt den Schützen verschlang. Um mich herum nur aufquellende Erdfontänen, surrende Splitter und Todesschreie.

Im Zickzack rannte ich hinüber zu einem Felsvorsprung und warf mich in den Dreck. Neben mir lagen zwei Kameraden, die ein schweres MG und eine Panzerfaust in Stellung gebracht hatten. Gleich darauf wurde der Hang mit ratternden

Feuerstößen systematisch vom Maschinengewehr abgetastet, einen Munitionsgurt nach dem anderen nachführend. Dutzende Karpatenjäger wurden die Felsen hinuntergestoßen. Indes nahm die Panzerbüchse einen Kampfwagen ins Ziel.

Ich griff in eine Kiste mit Handgranaten und rannte in Deckung der langgezogenen Felsnase zur Flanke des Hanges, an dem die braununiformierten Gestalten unbehelligt emporstiegen, während auf der anderen Seite das Gefecht tobte. Die Bastarde wollten uns in den Rücken fallen!

Neben mir tauchten zwei weitere Jäger auf, ebenfalls mit Handgranaten bewaffnet.

Fast zeitgleich rissen wir die ringförmigen Splinte heraus, die sie sicherten und warfen sie in einem langen Bogen auf die heraufkletternde Kolonne. Nachdem die gespannten Bügel, die an der Außenhaut anlagen und nun nicht mehr mit den Splinten gesichert waren, freigegeben wurden, zündeten die Schlagzünder mit einer Verzögerung von etwa drei Sekunden.

Während die Karpatenschützen viel zu spät begriffen, was da auf sie zugeflogen kam, drückten wir bereits die Gesichter auf den Boden und rissen die Arme über die randlosen Jägerhelme, um zusätzlich unsere Köpfe zu schützen.

Beim Aufschlag explodierten die Sprengladungen inmitten der vordersten Reihe der Polen in hunderte Splitter mit einem Radius von bis zu zwanzig Metern. Wie blutiges Konfetti wirbelten ihre abgetrennten Gliedmaßen und Schädel durch die Höhenluft. Die grauweißen Explosionswolken geisterten durch die zerklüfteten Felsen, während die nach verkohltem Fleisch stinkende Luft noch von den hellen Knallen erzitterte.

Der Jäger rechts von mir war jedoch von einer feindlichen Kugel getroffen, worden die ein Polake abgefeuert hatte, bevor er in Hackfleisch verwandelt worden war. Direkt neben mir kippte der Kamerad wie ein gefällter Baum um. Zusammen mit einem anderen zog ich ihn unter den Felssporn. Ich starrte in sein gelbes, schmutziges Gesicht mit den stoppelbärtigen, eingefallenen Wangen. Bei jedem Atemzug kam blutiger Schaum über seine aufgesprungenen Lippen. Unverkennbar ein Lungenschuss. Doch hier war weit und breit kein Sanitäter, geschweige denn ein Arzt. Aber ohnehin hätte ihm das nichts mehr geholfen. Nach einem schaurigen Bluthusten lag er plötzlich mit gebrochenen, in den Himmel starrenden Augen da.

Ein weiteres Opfer der Schlacht um Cassino, wie tausende zuvor!

Den Rest der polnischen Karpatenschützen auf dieser Seite des Hanges erledigten wir mit Maschinengewehren und Karabinern. Die Projektile mähten die Polen nieder wie eine riesige Sense. Es war wahrlich ein mörderisches Schlachtfest.

Dennoch schossen die übriggebliebenen Panzer wahllos in unsere Stellungen hinein. Höhe 593 tränkte sich mit Blut. Aber auch die Tanks bekamen Gegenfeuer. Die Verluste auf beiden Seiten waren schwer. Letztlich blieb der 3. Karpaten-Schützendivision ein Erfolg versagt. Und das trotz der Unterstützung durch 2. Panzer-Brigade.

Als endlich wieder Ruhe einkehrte, wurden wir der Zahl des eigenen Blutzolls gewahr. Das war wirklich ein Schock, denn der größte Teil unserer Fallschirmjäger-Einheit war gefallen! Notdürftig wurden die Verwundeten nun im Bataillons-Gefechtsstand versorgt, der in einer Höhle untergebracht war. Trotz der Vielzahl von Ratten, Mäusen und Flöhen.

Ich kehrte mit nur einem von ursprünglich fünf Kameraden ins Kloster zurück, mit denen ich vom Monte Cassin« zum Calvarienberg gekommen war.

In den nächsten Tagen verschärften sich die Kämpfe auf den Höhen noch einmal. Doch die alliierte Übermacht und Feuerkraft war zu stark. Im Liri-Tal ergoss sich ein unablässig scheinender Strom an gegnerischem Kriegsmaterial, Panzern, Fahrzeugen, Artillerie und Mannstärke. Die Lebensader der Cassino-Stellung war durchschnitten worden und der Einschließungsring begann sich stetig zu zuziehen. Zudem gab es tiefe Einbrüche an mehreren Stellen der »Gustav-Linie«, die daraufhin vollends zusammenbrach. Die völlig durcheinandergewürfelten deutschen Verbände, Bataillone und Regimenter verschiedener Divisionen, waren zu schwach, um den feindlichen Angriff endgültig zum Stehen zu bringen. Geschweige denn, Gegenstöße durchzuführen.

Bis zum 17. Mai 1944 hielten wir Fallschirmjäger den »Monte.« Dann erteilte Generalfeldmarschall Kesselring den Befehl zum Absetzen. Im Südabschnitt dieser Kampflinie hatte auch das französische Korps die deutschen Stellungen durchbrochen und stand am Abend dieses Tages nur noch vierzig Kilometer nördlich der Cassino-Front.

So also zogen wir, die Reste der 1. Fallschirmjäger-Division gegen Mitternacht aus dem Kloster ab, das über vier Monate hart umkämpft und von uns mit Zähnen und Klauen verteidigt worden war und das wir bis zur freiwilligen Räumung nicht mehr herausrückten.

Ungeschlagen schlichen wir uns sozusagen bei Nacht und Nebel davon, obwohl wir viele Wochen lang einer erdrückenden Übermacht die Stirn geboten hatten. Insgesamt fielen bei den Bodenkämpfen im Raum Monte Cassino zirka 20.000 deutsche und 50.000 alliierte Soldaten. Manche sprachen sogar von rund 119.000 gegnerischen Mannschaften, die dort den Tod gefunden hatten.

Am selben Tag geriet auch die Cassino-Stadt vollends in feindliche Hand. Als die Abtei von polnischen Truppen eingenommen wurde, fanden sie diese es genauso leer vor, wie die übrigen deutschen Stellungen. Letzten Endes wurden in den Trümmern des Stiftes die polnische National-fahne und der britische Union Jack gehisst.

Die britische *Times* berichtete diesbezüglich: »Casino und das Kloster sind erobert. Der letzte Angriff gegen die Stadt wurde von britischen Truppen geführt, während die Polen die Abtei nahmen. Der Feind ist von den alliierten Armeen in Italien nach dem einzigartigen Einbruch der 5. Armee in die Gustav-Linie vom 14. Mai und durch den nachfolgenden raschen Vormarsch der französischen und amerikanischen Truppen in den Bergen vollkommen ausmanövriert worden.«

Wir wussten natürlich, dass dies nicht unbedingt der ganzen Wahrheit entsprach. Aber schließlich schrieben die Sieger die Geschichte und nicht umgekehrt.

Auf der Fernstraße Nr. 6, die erstaunlicherweise immer noch offenstand, befanden wir uns auf schnellem Rückzug von Monte Cassino nach Rom, ohne, dass die Feinde uns weiter verfolgten. Allerdings wurden wir durch pausenloses Störungsfeuer über die zerbröckelten Berghänge gehetzt.

Lange konnten wir jedoch nicht in Rom bleiben, weil die 5. US-Armee bereits im Anmarsch war. Tatsächlich aber hatte unser heldenhafter Abwehrkampf den deutschen Truppen in Italien enorm viel Luft verschafft und den alliierten Vormarsch erheblich verzögert.

Das neue Kampfgebiet von uns Fallschirmjägern sollten die strategisch wichtigen Berggipfel der Apenninen werden. Also jenem rund 1.500 Kilometer langen Gebirgszug, der im Osten von den Apuanischen Alpen bis zur Adriaküste und im Süden bis zu den Abruzzen reichte und schließlich seine Fortsetzung in den Gebirgen Nordsiziliens fand.

Aber das ist eine andere Geschichte.

ENDE

Ihre Zufriedenheit ist unser Ziel!

Liebe Leser, liebe Leserinnen,

hat Ihnen unser Buch gefallen? Haben Sie Anmerkungen für uns? Kritik? Bitte zögern Sie nicht, uns zu schreiben. Wir werden jede Nachricht persönlich lesen und beantworten.

Schreiben Sie uns: info@ek2-publishing.com

Wussten Sie schon, dass Sie uns dabei unterstützen können, deutsche Militärliteratur sichtbarer zu machen? Bitte nehmen Sie sich einen Moment Zeit und bewerten Sie dieses Buch online. Viele positive Rezensionen führen dazu, dass das Buch mehr Menschen angezeigt wird.

Sie können somit mit wenigen Minuten Zeitaufwand unserem kleinen Familienunternehmen einen großen Gefallen tun. Vielen Dank für Ihre Unterstützung!

PS: In seltenen Fällen kommt ein Buch beschädigt beim Kunden an. Bitte zögern Sie in diesem Fall nicht, uns zu kontaktieren. Selbstverständlich ersetzen wir Ihnen das Buch kostenlos.

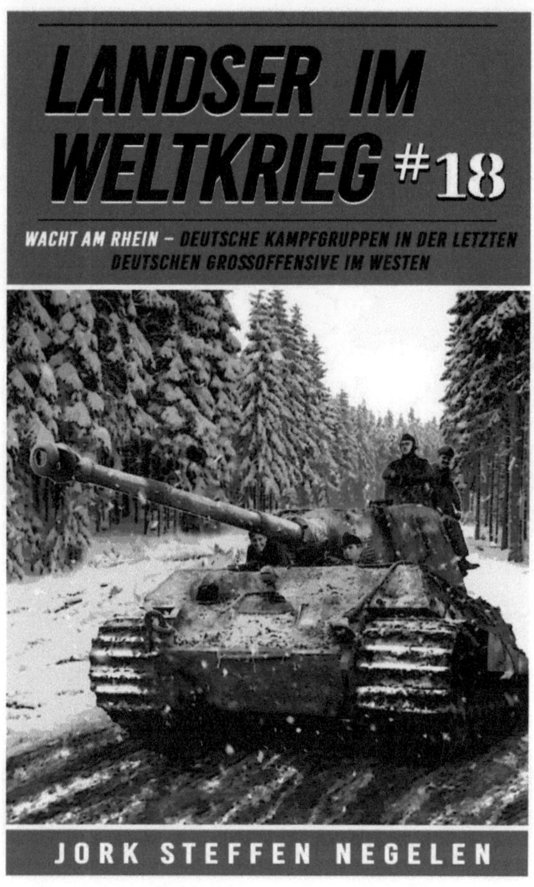

Landser im Weltkrieg – **„Wacht am Rhein"** erscheint im Monat September als E-Book und Taschenbuch überall, wo es Bücher gibt!

In den letzten Tagen hatte der nahende Winter immer stärker seine eisigen Winde in die dichten Wälder der Ardennen entsandt. Ab und zu schneite es und oben in den Bergen hatte sich die weiße Pracht des Schnees wie eine dicke Decke über den Wald gelegt.

Den Soldaten der Wehrmacht, die schon seit einiger Zeit mitten im Gebirge ihre Stellungen halten mussten, war nicht wohl bei dem Gedanken, dass es bald Weihnachten war und sie in dieser einsamen Gegend die Feiertage verbringen mussten. Sie hofften wohl, dass die Front weiterhin ruhig bleiben würde. Nichts deutete auf eine Veränderung der Lage hin.

Der Himmel war voller Wolken, sodass die Flugzeuge der Briten und Amerikaner nicht fliegen konnten. Hinter der Front gab es jedoch auf der deutschen Seite seit einigen Tagen ein hektisches Treiben. Außerdem kamen immer wieder Offiziere bei dem Generalstab der 05. Panzerarmee von General Hasso von Manteuffel an.

Einer dieser Offiziere war Sturmbannführer Giesbert Angerfeld. Er kam direkt aus Berlin zum Hauptquartier des Generals. Von Manteuffel war nicht gerade begeistert, als der Sturmbannführer bei ihm eintraf. Der SS-Offizier schlug die Hacken zusammen

Landser im Weltkrieg
kaufen!

Direkt zur Serie:

Keine Neuerscheinung verpassen und gratis E-Book sichern!

Tragen Sie sich in den Newsletter von EK-2 Militär ein, um über aktuelle Angebote und Neuerscheinungen informiert zu werden und an exklusiven Leser-Aktionen teilzunehmen.

Als besonderes Dankeschön erhalten Sie <u>kostenlos</u> das E-Book »Die Weltenkrieg Saga« von Tom Zola. Enthalten sind alle drei Teile der Trilogie.

Link zum Newsletter:
https://ek2-publishing.aweb.page

Über unsere Homepage:
www.ek2-publishing.com

Lernen Sie den neusten Kracher aus dem Hause EK-2-Militär kennen!

Wandeln Sie auf den Spuren des berühmten wie berüchtigten Apachen-Kriegers Geronimo und lassen Sie sich von seiner wechselvollen Lebensgeschichte voller Höhen und Tiefen, Siege und Niederlagen inmitten der Indianerkriege mitreißen.

Eine Veröffentlichung der EK-2 Publishing GmbH

Friedensstraße 12

47228 Duisburg

Registergericht: Duisburg

Handelsregisternummer: HRB 30321

Geschäftsführerin: Monika Münstermann

E-Mail: info@ek2-publishing.com

Homepage: www.ek2-publishing.com

Cover/Umschlag: Kayla Pelgrim

Autor: Konrad von Schliefen

Lektorat: Jill Marc Münstermann

Buchsatz: Heiko Piller

1. Auflage Juni 2024

Druckhinweis: Druckhinweis:

Libri Plureos GmbH

Friedensallee 273

22763 Hamburg